圖　詩　樂

도시락

초판 1쇄 인쇄   2015년 01월 21일
초판 1쇄 발행   2015년 01월 28일

지은이   김 홍 균
펴낸이   손 형 국
펴낸곳   (주)북랩
편집인   선일영   편집   이소현, 김진주, 이탄석, 김아름
디자인   이현수, 김루리, 윤미리내   제작   박기성, 황동현, 구성우
마케팅   김회란, 이희정
출판등록   2004. 12. 1(제2012-000051호)
주소   서울시 금천구 가산디지털 1로 168, 우림라이온스밸리 B동 B113, 114호
홈페이지   www.book.co.kr
전화번호   (02)2026-5777   팩스   (02)2026-5747

ISBN   979-11-5585-445-7 03810   (종이책) 979-11-5585-446-4 05810(전자책)

이 도서의 국립중앙도서관 출판예정도서목록(CIP)은 서지정보유통지원시스템 홈페이지(http://seoji.nl.go.kr)와
국가자료공동목록시스템(http://www.nl.go.kr/kolisnet)에서 이용하실 수 있습니다.
(CIP제어번호 : CIP2015002029)

틈새락

만든 이 전홍표

북랩 book Lab

도시락 여는 소리

……이런 것도 책이 될까?

그림 전시회를 하느라 도록은 만들어 보았다.
시도 계속 써 와서 언젠가 시집도 낼 수 있겠지.
노래 또한 조금씩 만들고 있으니 작곡집이라고 만들어 볼 수도 있지 않겠나?

처음엔 이것들을 한데 묶어서
그러니까 책처럼 만들어서 우리 아이들에게 주려고 했다.
"아버지가 좋아했던 것들이란다." 하고…….
그럴 양이면 무슨 특별한 형식이 필요하지 않았다.
그냥 그림과 시와 노래가 어떻게든 배열되어 있으면 그만이었다.

제목은 그럴싸하게 지었다.
도시락(圖詩樂)!
혹시 누가 먼저 이런 책을 만들었거나
무슨 사이트나 카페 같은 것은 없을까? 해서
인터넷에서 '도시락' 하고 검색해 보았더니
하이고, 도시락 배달전문 업체 이름만 주르륵 떴다.
만약에 이게 처음이라면? ……세상에 내놓고 싶었다.
그래서 고민은 시작되었다.

그림을 그리고, 시를 쓰고, 노래를 만드는 일을 할 때
이 세 가지를 한데 묶어보겠다는 생각은 애초에 없어서
어떤 공통점이 드러나도록 이것들을 비벼야 하나?
아니 공통점이 있기는 하나?
있다 한들 이게 책이 될 수 있을까?
책이라면 전하고자 하는 메시지가 있어야 할 텐데
세 가지를 물리적으로 모아 놓고 뭐하자는 거야?

그런 형식적인 고민은 그러나 차라리 괜찮다.
더 큰 문제는 이른바 도시락의 수준이다.
그래, 너 혼자 그림 그리고, 시 쓰고, 작곡도 하고
참 잘났다. 그런데
그거 세상에 내보일만한 거야?
자신 있어?
지금도 망설여진다.
우리 아이들한테만 줄 걸 그랬나……?

그저 좋아서 했던 자잘한 일들인데…….
참! 그래, 그 좋아하는 마음으로!
그냥 도시락을 만들자.
예술에 자격증이 있는 것도 아니지 않은가?
수준에 따라 급수가 정해지는 것 또한 아니지 않는가?
좋아하는 마음을 펼쳐 보이는 것으로 좋지 않을까?

수 영

나는 수영을 배우지 아니하여서
저 넓은 바닷물에
풍덩 뛰어 들어
마음껏 헤엄을 치지는 못합니다.

그래도
파아란 바다가 몹시도 좋아질 때면
한 귀퉁이에 쪼그리고 앉아
남실거리는 바닷물에
가만히
두 손을 담가 봅니다.

세 가지의 공통점을 찾아서 비볐다.
의미든 단어든 관련 있다 싶으면 한데 묶었다.
공통점이 없으면 마음대로 나열했다.
맛이야 어떻든 일단 도시락을 만든 것이다.
무식해서 용감하다는 말을 들어도 할 수 없다.
이젠 간절히 바라는 수밖에.
이 도시락을 여는 사람들이 맛있게 먹어 주기를…….

제자(題字)를 써 주신 담헌 전명옥 선생님께 감사드린다.
원고 정리를 도와주신 김기주, 진혜원 선생님께 감사드린다.
두 딸과 아내에게 고맙다는 말을 하고 싶다.

차 림 표

생(生)
60.4×72.7㎝ 캔버스에 유채

인생

인생은 쉬지 않고 걸어가야 할 길이다.
삶이 끝나는 순간까지
꿈꾸며 걸어가야 할 길이다.

오늘

김홍균 작사
김홍균 작곡

멀어져 간 - 젊은시절　　　아 - 런 한 그 - 추억들

그 날 꿈 꾸던 - 행복한 미래가　　　바 로 오늘　오 늘 이 던 가

그 - 러 나 - 다시보면 아 - 직 도 꿈꾸는우리

또 - 내일의 - 꿈을 - 꾸는것 그게행복 행복인 것을

비 로 소 알 - 아 또 다 시 아 름 답 고 행 복 한 우 리 들 의 미 래 를 위 - 해

우리는 꿈꾸리라 희망을 간직한채 또 하루를 살아가리라자

이 렇게 아름 다운오-늘 정다 운벗-들이여 자

이 렇게 함께 모 -여 노래 를부르 자 자

이렇게 행–복한오–늘 정다 운벗–들이 여 자

이 렇게 손을 맞 잡고 노 래 를부르 자

15

樂

도시락 까먹는 소리 1

삶에 이루어야 할 목표가 있는 것일까?

삶의 목표를 정해 놓고 살아간다면, 그 목표를 이루고 난 다음에는?

또 다른 목표를 정하고 그것을 이루기 위해 노력하고…….

이런 삶을 살 수 있다면 참 행복할 것이다.

다만, 이러한 삶의 과정을 살펴볼 때 처음에 이루어 낸 목표가

삶의 최종 목표는 아니지 않는가 하는 의문점이 나에게는 있다.

어린 시절 나는 종종 나이 든 내 모습을 그려 보곤 했었다.

내 나이 60세쯤엔 나는 무엇이 되어 있을까?

어떤 모습으로 살고 있을까?

어느 날 문득, 나이가 들어 소스라치듯 나 자신을 돌아보았다.

그냥 똑같이 살고 있었다.

여전히 이루어지지 않은 내일을 꿈꾸며 살고 있었다.

열심히 살아 물질적인 안정은 어느 정도 이루었다.

부자는 아니지만 내가 만족하면 그만인 것이 물질적인 삶이다.

이런 생각이 들만큼 절대적 빈곤에서는 벗어나 있었다.

그런데 정작 살아가는 모습은 어제와 같았고 또 그제와 같았고 결국 어린 시절과 같았다.

정말 다행인 것은 여전히 꿈꾸고 있다는 사실이다.

그래서 내 삶의 목표는 꿈꾸는 것이다.

스러지는 순간까지…….

목련

24.2×33.4㎝ 캔버스에 유채

꽃샘추위

꽃샘추위는 꼭꼭
이렇게 감기를 데리고 온다.

바람 끝은 아직도 차서
오한에 몸뚱이는 자꾸만 오그라들고
털어 넣은 약 기운에 취해
심신이 느물느물해진 오후

교정에
그 기억처럼
목련이 핀다.

아픔은 언제나 내 몫일 뿐
그 사람 뒷모습을 닮은
목련이 하얗게
하얗게 핀다.

봄비

김관식 시
김홍균 작곡

귀 기울여 들어봅니다 귀 기울여 들어봅니다

사박사박 봄-비의 발자-욱-소 리 -

땅-속을촉-촉히 적 서 봄의심지를뽑-아 올-립니-다

풀뿌리들이 일어나 는소리를 귀기울여들여봅니 다 -

머지않아 머-지않아 초-록빛 새-싹들의

기 지개 켜는소리 들리-겠-지요 -

도시락 까먹는 소리 2

봄꽃은 왜 그리 빨리 지고 마는가?

이제 막 피어나는 작은 꽃망울을 보노라면

만개에의 기대감과 함께 낙화에의 불안감도 마음속에 같이 자리를 잡는다.

봄꽃 중에서도 목련을 바라 볼 때 그러한 불안감이 특히 심하게 일어난다.

어쩌다 봄비라도 한 번 뿌려지면 그 큰 꽃잎들이 추하디 추한 모습으로 땅바닥에 뒹굴어 뭉개져 버린다.

여린 꽃봉오리 시절의 그 단아했던 모습은 찾을 길이 없다.

미추(美醜)가 이렇듯 극명하게 갈리는 꽃이 또 있을까?

그래서 더 불안한 것일까?

사시사철 피어있는 꽃이라면 그렇게 아름답다고 느껴지지 않을지도 모른다.

피는 기간은 너무나 짧고, 낙화는 애처롭고 …….

그래서 꽃이 아름답게 느껴질진대 짧은 우리 인생도 그러므로 더욱 아름다워야 하겠지.

예감

아프던 기억마저 세월 속에 묻힐 것을

때 이른 이별인양 오고야 말 빗줄기

목련꽃 여린 봉오리 사랑처럼 열린다.

대학 때 같은 반이었던 김관식(金冠植) 시인이 동시집을 낼 때마다 한 권씩 보내 주는데 시어가 아름다운 몇 개의 시에 곡을 붙여 보았다. 〈봄비〉도 그 중 하나이다.

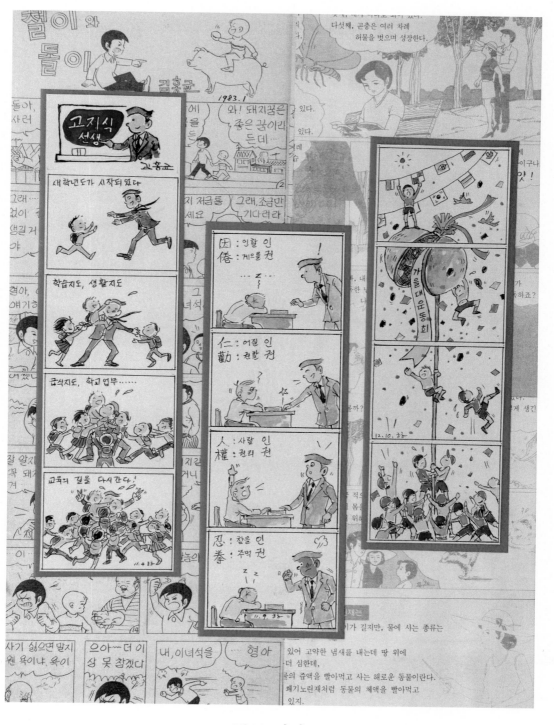

푸른 시절

24.8×34.7㎝ 종이에 펜, 채색

염산에서

바람 불어
언젠가 기왓장도 날랐지만
봄에는 벚꽃이 꼭꼭 피었어요

비 오고
때로는 한참을 가물어도
여름엔 들판이 항상 파랬어요

가을엔
철 이른 서리 속에
벼이삭 누렇게 익어주었고

그리고 겨울엔
눈보라 속에서도
우리는 뛰며 놀며 공부합니다

바람, 비
서리와 눈보라
그러나 그 위에서 태양은 밝게 빛나고

꿈처럼 파아란
하늘을 이고
우리는 씩씩하게 커나갑니다

우리 학급의 노래

김흥균 작사
김흥균 작곡

창 을열면 푸 른하늘 하 늘이 높 고

마 주보 면 웃 음소리 소 리가 높 다

좋 은일 궂 은 일 함 께하 면 서

일 년을 하 루같이 정 다운 교 실

즐 겁게 보 람되게 우 리○의 ○

힘 차게 알 차게 우 리○의 ○

도시락 까먹는 소리 3

누구에게나 '첫 경험'의 기억은 가장 또렷하게 평생을 갈 것이다.

교대를 졸업하고 첫 발령을 받은 곳 - 염산초등학교.

전라남도 영광군 염산면 서해 바닷가에 자리 잡은 이 학교에서 5년 9개월을 근무했다.

이름에서 알 수 있듯이 염전이 많은 곳, 여느 바닷가처럼 무척이나 바람이 센 곳, 황량하다는 표현이 알맞을 것 같은 거친 산야가 펼쳐져 있는 이곳은 내가 사회인으로서 첫발을 내디딘, 그러므로 제2의 내 인생이 시작된 곳이다.

하루하루의 학교생활이 마냥 즐겁기만 했다. 우여곡절도 많았고 힘들고 어려운 일도 있었지만 지금 생각해 보면 그 모든 추억들은 즐거움으로 채색된다.

아이들과 함께 뛰고, 함께 울고 웃던 그 시절에 대한 추억은 사진처럼 머릿속에 박혀 있어 가끔씩 찾아오는 제자들과 함께 옛 이야기를 나누다 보면 그들보다 내가 더 많이 그 시절의 기억들을 들추어낸다.

아이들을 가르친다는 것은 얼마나 신나는 일인가!

아이들에게 무엇이든 좀 더 해주고 싶어서 〈우리학급의 노래〉를 만들어 날마다 부르게 했고, 6학년을 맡아 졸업시킬 때에는 학교 처음으로 교지를 만들어 주기도 했다.

동시 〈염산에서〉는 그때 교지에 실었던 글이다.

졸업식 때면 아이들은 정말 많이 울었다. 그 따뜻한 눈물은 항상 내 마음 속에 있다.

당시에 6학년 반장을 하던 진걸(李珍杰)이는 꾸준히 안부를 묻고 찾아오더니 내가 크게 아픈 후로는 아예 아들 노릇을 하고 있다.

아픈 나를 위해 병에 도움이 되는 것이라면 무엇이든 구해오며, 철 따라 이런 저런 먹거리를 먼저 보내온 것들을 다 먹기도 전에 보내온다. 어느 자식이 그만큼 하랴……!

1983년에 《아동문예》라는 문예지에, 그리고 1994년에 어느 출판사 학습지에 연재했던 만화를 배경에 깔고 2011년부터 서울교육신문에 연재했던 만화 중 일부를 발췌하여 구성해 보았다. 그 푸르던 시절…….

장미

53.0×45.5㎝ 캔버스에 유채

사랑처럼

밤새도록

이슬은
그리움으로
날아올라
별빛이 되고

별빛은
꿈꾸며
내려와
이슬이 되고

우리의 사랑은

김홍균 작사
김홍균 작곡

우

리 의 사 — 랑 — 은   흐 — 르   는 강 물 처 — 럼   기 나

긴 세 월 속 에 서   그 — 침   이 없 — 더 이 다   먼 산

골 짜기 풀잎새 에 망울져 있던 그리움이 시내되

어 강물되어 – 커다란 사랑 –이 되어 끝없

이 끝없이 일렁이 는강물처 – 럼 설레

임　가득　안　–　고　　쉼　–　없　이흐르더이다

도시락 까먹는 소리 4

사랑한다는 것은 소유한다는 것은 아니다.
꽤 어렸을 적부터 내 마음 속에 자리 잡고 있는 사랑에 대한 생각이다.
"내가 저 몽블랑에 올라가지 못한다고 해도 그 산이 있어서 좋으며,
또 그 산을 볼 수 있다는 사실이 얼마나 행복한가!"
중학교 때 김형석 수필집 《운명도 허무도 아니라는 이야기》에서 읽었었다.
한국인 환자를 간호하던 미국인 간호사의 일기에 나온 구절이다.
죽음을 앞에 둔 환자를 사랑하는 마음을 적어 놓은 그 일기를 보고
나는 아름다운 사랑의 모습에 감동했었다.

그것은 참으로 순수한 생각이었다.
아니, 세상 물정 겪지 못한 소년의 순진한 생각이었다.
나이 들어가면서, 이성을 알게 되면서, 사랑에 대해 고민하기 시작하면서
바라만 보는 사랑에 결코 만족할 수 없었다.
사랑에 대한 고민은 결국 소유할 수 없음에 대한 고민이었다.
사랑을 얻기 위해—소유하기 위해 많은 사람들이 그렇듯
연속극에 나오는 주인공들처럼 온갖 고민에 몸살을 앓기도 했다.

세월이 많이 흘러, 나이가 들만큼 들어 돌이켜 생각해 보면
그래도 어릴 적 그 순진하리만치 순수한 마음이 사랑의 정의에 더 가까울 것 같다.
"영원히 함께 있을 수 없음을 슬퍼하지 말고 / 잠시라도 함께 있을 수 있음을 기뻐하고"로 시작되는
한용운의 〈인연설〉처럼 무한 긍정 쪽으로,
"나만 애태운다고 원망치 말고 / 애처롭기까지 한 사랑을 할 수 있음에도 감사"하는 마음을 갖는 사랑은
얼마나 아름다운가?

숲 - 봄

53.0×45.5cm 캔버스에 유채

아카시아

저만치 가는 봄
무심히 지나치다
바람결 묻어나는
향기에 흠칫
눈길 들어보니
주렁주렁
어느새 아카시아꽃
주렁주렁
하얀 꽃떨기
해맑은 미소처럼
이름도 얼굴도
이제는 아스라한
그 아이 해맑은
미소만 꽃잎처럼
꽃잎에 꽃잎마다에
주렁주렁
손가락 튕겨
이파리 떨어내던
해맑은 웃음만
주렁주렁
꽃내음 뒤로한 채
돌아서던 그 날처럼
이파리 가지 사이
주렁주렁

각시붓꽃

김병렬 시
김홍균 작곡

난 아직 잘 몰라도　　새벽안개 - 자 - 욱이

자욱이 피어 오른 - 산 모롱이　　산모롱이 막 돌 아

돌 - 죽담 끼고 돌 - 면　　돌 - 죽담 끼고 돌 - 면

양지바른 - 길 - 섶에　　양지바른 길섶에 - 자리잡은

가난한 선비의 아 - 내가　　내 꿈이라지 요

양지바른 - 길 - 섶에　　양지바른 길섶에 - 자리잡은

가난한 선비의 아 - 내가　　내 꿈이라지 요

도시락 까먹는 소리 5

우리가 알고 있는 아카시아의 바른 이름은 "아까시나무"라고 한다. 그러나 아직까지도 아까시나무를 아카시아라고 부르는 사람들이 아주 많다.

아카시아는 열대성 식물이어서 우리나라에서는 자랄 수 없다고 한다.

우리가 아카시아로 알고 있는 아까시나무는 원산지가 북미이며, 16세기 경에 스페인의 로빈 대령이 유럽에 전해주었는데 린네라는 식물학자가 그의 이름을 따서 '로비니아 슈도 아카시아(Robina Pseudo-acacia)'라는 이름을 붙였다고 한다. 로비니아는 속명이고 본래의 아카시아와 닮았다고 해서 슈도 아카시아라는 말을 덧붙였단다.

그리고 '아까시'라는 이름은 가시가 많아서 붙인 순 우리말이라고 하는데 나는 이러한 사실을 까맣게 모르고 있었다.

나는 어렸을 적부터 아카시아나무가 일본에서 들여온, 가시가 많고 쓸모없는 나무라고 들었다. 더구나 아카시아나무는 뿌리가 잘 뻗어서 우리나라 고유의 수종을 죽이는 아주 몹쓸 나무라고 알고 있었다. 아카시아라는 말도 일본말인 줄 알았다.

이 글을 쓰면서 인터넷 검색을 했는데 아까시나무는 쓸모가 많은 아주 좋은 자원이라는 점을 자세하게 설명한 글이 있어 읽어 보았다.

그 글로 인해 아까시나무에 대한 나의 인식이 많이 달라졌다.

이와 같은 사실을 떠나서 '아카시아'는 어렸을 적 꽤 친근한 나무였다.

이파리 따서 한 잎 한 잎 손가락으로 팅겨 떨어뜨리는 놀이를 많이들 해 보았지 않았는가?

그 꽃은 얼마나 예쁘고, 그 향은 얼마나 진하고, 그 꿀은 얼마나 달콤한가!

그래서 아카시아란 이름으로 시도 써보고 노래 가사도 지었었는데, 그 단어들을 모두 아까시로 바꾸어야 하나?

유강 김병렬(裕康 金炳烈) 시인에게 시집을 선물 받고 몇 개의 시에 곡을 붙여 보았다.

맨 처음 만든 곡이 〈각시붓꽃〉이다.

시작

25.2×35.3㎝ 종이에 연필, 펜, 먹

대청봉을 오르며

사랑이 어찌 힘들지 않으랴.

허위허위 숨 가쁜 대청봉 턱밑까지 어떻게 올라왔는지 키 작은 나무들이 고운
목도리를 짜서 행여 추울세라 대청봉 목덜미를 포근히 감싸고 있다.
무심한 대청봉은 그저 하늘만 바라보고 솟아 있는데 모진 칼바람 온 몸으로 막
아내며 한마디 투정도 없는 미소처럼 아름다운 저 모습.

그대를 사랑하는데
힘들다 하여 어찌 행복이 아니랴.
힘들지 않는 것을
어찌 사랑이라 말하랴.

겨울새.7

윤삼현 시
김홍균 작곡

해 떨어지기 전 바다를 건너야 한단다

달 이 뜬 밤에는 사막을 건너야 한단다

힘들고 지-친 새들의 등-을 또 누가 밀어주지

힘들고 지-친 새들의 등-을 또누가 밀어주지 -

樂

도시락 까먹는 소리 6

평생 동안 변하지 않는 나의 꿈은 만화가이다.

단 한 번도 교직에 들어 온 것을 후회해 본 적은 없지만 만화가에의 꿈은 언제나 가슴 속에서 그 싹을 틔울 날만 기다리고 있다.

만화가가 되려면, 만화다운 만화를 그리려면 아침에 일어나면서부터 밤에 잠자리에 들 때까지 그리고 꿈속에서도 만화 생각만 해야 하며, 그리하여 생각과 행동이, 모든 생활이 만화처럼 되어야 한다고 나는 생각한다.

교사를 하면서도 여기저기 틈틈이 만화를 연재하기도 했지만 그 정도로 만화가라고 할 수는 없는 노릇이고 그래서 아예 퇴임 후에 본격적인 만화가의 길을 걸을 계획이다.

어렸을 적부터 만화그림을 줄기차게 그려왔다.

교과서고 공책이고 빈 공간에는 여지없이 낙서처럼 좋아하는 만화그림을 그렸다.

1966년, 늦은 나이에 학교에 들어간 내가 중학교 1학년 때였다.

도서관에서 나폴레옹 전기를 빌려와 읽었는데 삽화 그림이 황홀할 만큼 멋있어서 여러 시간에 걸쳐 보고 그려보았다. 나폴레옹의 일생에는 그다지 관심이 가지 않았고 그림이 주는 감동만 진하게 남았다.

자크 루이 다비드(Jacques Louis David)라는 화가가 그린 그림이라는 사실은 나중에야 알았다.

지금 보면 동세가 많이 틀려 있고 전체적으로 미숙해 보이지만 그 당시 어린 나는 가슴 뿌듯하였고 그때부터 더 열심히 그림을 그려댔다. 중학교 2학년 때 부터 꼬박꼬박 일기를 썼는데 일기장인지 그림 연습장인지 모를 지경이었다. 그 일기장에 만화책들을 보고 베껴 그린 그림 중 몇 개를 골라 덧붙여 보았다.

이 그림들은 아직까지 보관하고 있다. 기록에 남겨진 최초의 내 그림이요, 그렇기 때문에 내 그림 인생의 출발점이 되는 그림들이다.

고등학교 동기인 윤삼현(尹三鉉) 시인에게 《겨울새》라는 연작시집을 선물 받았었다.

총 70편의 연작시 중에서 몇 편을 골라 곡을 붙였다.

도시의 공간

53.0×45.5㎝ 캔버스에 유채

도시의 공간

흙은 자꾸만 덧칠해지는 아스팔트 밑에서 말라 비틀어져가는 가로수에 매달려 구차한 생명을 이어가고 빈틈없이 분칠된 시멘트벽 사이에서 문명이 토해낸 매연에 바람은 숨이 막힌다.

밤이면 초라한 달빛을 비웃는 차디찬 네온사인마다 불륜의 꽃이 화려하게 피어나고 어차피 썩어갈 몸뚱어리들이 방부제 섞인 빵을 씹으며 오늘 하루를 비틀거리고 있다.

- 그리고 내가 있다.

꽃구름

김흥균 작사
김흥균 작곡

저 무는 하늘에 꽃 구 름 하 — 나
하 늘에 꽃구 름 꽃 구 름 하 — 나

노 을빛 받아 핀 꽃구름하 나
외 로 운 꽃구 름 꽃구름하 나

새 — 소리 소리 — 에 외 로 — 운마 음
바 람따 라 따 — 라 — 서 가 — 고 — 픈마 음

밀 려오 는 어 둠 — 에 외 로 — 운마 음
벗 — 찾아 찾 — 아 — 서 가 — 고 — 픈마 음

도시락 까먹는 소리 7

교사로서의 나의 꿈은 '섬마을 선생님'이었다.

교대에 진학했을 때부터 나름 속으로 어떤 교사가 될 것인가를 꽤나 진지하게 고민했었다.

그리고 낙도에서 섬 아이들을 가르치면서 평생을 보내야겠다는 결론에 이르렀다.

평생을 낙도 교육에 이바지하는 것도 의미 있는 삶이라고 여겨졌다.

그러나 낙도 근무는 생각보다 쉽지 않았다.

소위 '벽지 점수'라는 것이 생겨서 승진을 원하는 교사들이 치열한 경쟁을 뚫고 들어가는 곳이 낙도였다.

일단 발령을 받는다 해도 2~3년 근무하면 다시 나와야만 했다.

평생을 섬에서 살겠다는 나의 희망은 그렇게 이루어질 수 없는 꿈이었다.

1988년 전라남도 영광군에 속해 있는 낙월도라는 섬에서 서울로 발령을 받았다.

학교생활이야 어딘들 얼마나 서로 다르겠는가? 전교생 60명의 낙월도와 3,000명이 넘는 서울의 학교는 규모는 비교가 아니 되지만 교육활동은 다를 게 없었다.

그러나 주변 환경과 일상생활은 많이 달랐다.

우선 매연 때문에 숨이 턱턱 막혔다. 사람들은 무엇이 그리 급한지 정신이 없을 만큼 바쁘게 움직이고 있었다. 갑갑하기 그지없는 빌딩 숲, 밀리는 자동차들, 휘황한 네온사인들 사이에서 나는 한적한 자연이 무척이나 그리워졌다.

무엇보다도 시골과 달리 규모가 큰 경제적 지출이 가장 큰 고민거리였다.

규모가 크다 한들 일상생활에 필요한 지출이겠지만 워낙 가진 것 없이 올라 온 서울이어서 나는 동료교사들과 술 한 잔 나눌 여유도 처음엔 없었다.

반지하에 세를 들어 살면서 아내는 극단적인 절약으로 돈을 모았다.

하루 종일 일해야 1,000원을 받는 구슬 꿰기부터 시작해서 조금씩 주변 사람들을 알게 되면서 피아노 교습과 과외지도로 돈을 벌었다.

나 또한 모 출판사의 학습지를 집필하였는데 원고료를 내 봉급만큼 받을 정도로 열심히 썼다.

그렇게 7년을 살고 나서 내 집을 마련하게 되었다.

가난에서 벗어나면서 서울의 생활에도 여유가 생겼다.

이젠 오히려 가끔씩 내려가 보는 시골생활이 더 답답하게 느껴지니 내 마음이 간사하기 이를 데 없다.

철쭉

40.9×31.8㎝ 캔버스에 유채

봄날

꽃은 그냥 꽃으로만 피었으면 좋겠다.
차라리 나는
오랜 친구 같은 외로움이 좋은데
꽃잎으로 피어나는 그대
그 빛깔 그 향기에
질식해버리는 내 영혼.

꽃은 그냥 아름다움으로만 피었으면 좋겠다.
이렇게 아픈 그리움으로 피어나지 않았으면 좋겠다.

산수유 노오란

김홍균 작사
김홍균 작곡

산 수 유 피 어 나 는 - 꽃 그 늘 아 - 래 로 -

산 수 유 꽃 을 보 며 - 나 홀 로 걸 어 가 네 -

잔 잔 한 미 소 처 럼 따 스 한 그 기 억 들
둘 이 서 속 삭 이 던 정 답 던 이 야 기 들

산 수 유 노 - 란 꽃 망 울 마 다 되 살 아 피 어 나 고 -
산 수 유 노 - 란 꽃 망 울 마 다 또 다 시 피 어 나 고 -

산 수 유 노 - - 란 - 꽃 망 울 바 라 보 며 -
산 수 유 피 어 나 면 - 돌 - 아 온 - 다 던 -

고 운 님 생 - 각 에 - 가 슴 은 뛰 었 네 -
그 약 속 떠 올 리 며 - 가 만 히 웃 었 네 -

도시락 까먹는 소리 8

나른한 봄날.

게으른 생각을 해 본다.

이 바쁜 세상이 좀 느려졌으면 좋겠다.

문명이란 것이 발달할수록 세상은 빨라지고 복잡해지고 바빠져 버렸다.

해방 후 눈부신 경제 발전을 이룩하면서 "빨리 빨리"는 습관이 되었고

몸과 마음속에 녹아들어 우리의 민족성을 규정짓는 말이 되었다.

옛날에는 서울서 부산까지 걸어 다녔겠지.

산을 넘고 물을 건너면서 산천경개 구경하며 걸어 다녔겠지.

요즘에야 아침은 서울에서 먹고 점심을 부산에서 먹는 것은 일도 아니다.

너 나 할 것 없이 이리저리 정신없이 뛰어 다니다가 어느 날 '걷기' 위해

휴가를 내고 돈을 지불하며 산천경개 구경에 나선다.

이런 걸 발전이라고 해야 하나?

나의 게으른 생각은 계속된다.

그렇게 바쁘게 살아 우리는 보릿고개를 없애버렸다.

오천 년 동안 내려오던 절대빈곤을 해소했다.

요즘엔 굶어 죽는 사람 거의 없을 것이다.

대신 자동차 사고로 날마다 사람들이 죽는다.

자동차가 없었다면 그 사고로 죽는 사람도 없겠지.

좀 억지스러운 비유기는 하지만 세상이 좀 더 단순해졌으면 좋겠다는 말이다.

좀 더 사람 냄새가 많이 나는 세상이었으면 좋겠다는 말이다.

정말이지 발전이란 무엇일까?

윤택한 삶이란 어떤 삶일까?

성공한 인생이란 어떤 모습일까?

애수

20.3×28.4㎝ 종이에 펜, 콜라주

가을앓이

나무 하나,
곱게 물든 추억 몇 조각
움켜쥔 채
가을 끝자락에 서서
바르르 떨고 있다.

세월 같은 바람에
남은 이파리마저 실려 가면
난
잊을 수 있어.
면도날처럼 스치던
너의 미소도,
송곳처럼 박히던
너의 눈빛도
이젠
잊을 수 있어.

더 이상 버릴 추억조차 없는
이 한없는 외로움 속을
고요한 호수처럼 평온해진 모습으로
끝없이,
그냥 끝없이 걸어가면
난 정녕
너를 잊을 수 있어.

가을비 내리고

김병렬 시
김홍균 작곡

이 가
을 그 대 한 잎 낙 엽 으 로 떨 어 져 어 깨
위 에 내 리 면 나 의 외 로 움 속 절

없 이피다지 – 는   갈대가 되나니   –   그

대   사유의 나래 접고   내 – 곁에누우면   나

의   그리움은불그레   노을로타 나 니

추적 추적 내우수의이마위로 떨어지는빗방울

금시 강물이되어 한척 종이배로

가리니 나의노래는 꿈에젖으며

그 리 움 에 젖 으 며   샛 노 란   은 행 잎 한 장

내 기 억 의 샛 강 따 라   그 대 곁 을   찾 아 가 리 라

도시락 까먹는 소리 9

고등학교 때 〈스잔나(원제: 珊珊)〉라는 중국(홍콩)영화를 보았었다.
스잔나라는 주인공이 뜻밖에 불치의 병으로 죽게 된다는, 지금에야 아주 흔한 그런 이야기이지만
당시에는 꽤나 많은 사람들이 그 영화를 보았던 것으로 기억된다.
리칭(李菁)이라는 여배우가 출연했었는데 원래 가수였던지 영화 속에서 주제가도 불렀었고,
우리나라 가수 정훈희가 한국어로 번역해 부른 노래도 한참 동안 유행했었다.

영화 속에서 주인공은 오동잎 지는 가을에 죽는다.
가을은 그렇게 나뭇잎이 물들듯 사람의 마음도 애수에 젖어드는 계절인가 보다.
낙엽, 가을비, 스산한 바람……. 하도 많이 들어서 그러려니 해지는 소재들이다.

외로움을 친구처럼 여기는 사람을 만났었다.
추억에 얽힌 모든 것을 버리니 외로움이 끝없이 펼쳐지고
그 외로움 속에서 마음은 오히려 차분해지더라고 했다.
추억이 가라앉은 마음의 호수에는 잔물결조차 일지 않더라는 것이다.
그리고 외로움은 친구처럼 항상 자신과 함께 있다고 했다.
그 사람은 참 강해 보였다.

고독한 인간처럼 강한 것은 없다. -입센
나는 지금까지 고독처럼 다정했던 친구를 가져보지 못했다. -H.D. 솔로

그 영화 포스터를 보고 주인공의 모습을 일기장에 볼펜으로 그려 본 그림이다.
꼭 닮지는 않았지만 분위기 괜찮고 선 처리도 나쁘지 않아 보인다.
아래쪽 비 내리는 그림 역시 일기장에 시 한 수 베껴 적어 놓고 남은 여백을 채웠던 그림인데
서로 어울릴 것 같아 이런 식으로 배치해 보았다.

장미2

24.2×33.4cm 캔버스에 유채

장미

타는 정열

그대 가슴에
핏빛으로
부딪쳐
절규하는
사랑

입술

허형만 시
김홍균 작곡

불 같은 그리움이야　잉걸불에비길 수 있 으랴

불똥이 튀어　궁창보다깊 은　마음 한 자 락

후 림 불 로　후림불로　타　오 르 지 라 도

새　의 깃 털 처 럼　서 늘 함 을　거 느 릴 수 만 있 다 면

불 같 은 그 리 움 이 야　불 보 라 에 비 길 수 있 으 랴

불 보 라 에 비 길 수　있 으 - 랴

도시락 까먹는 소리 10

교사로서의 나는 꽤나 정열적이었던 것 같다.

아이들도 나름 열심히 가르쳤지만 학교 일을 마다한 적은 없었던 것 같다.

1981년 12월부터 2개월간 광주교대에서 1급 정교사 자격연수를 받았는데 전남 각지에서 모인
500명 정도의 선생님들 중에서 1등을 했다.

그랬더니 옆 학교에서 연구부장(당시는 주임이었다.)으로 불러 주었다.

모두 6명의 부장교사 중에서 나만 20대였고, 다섯 분은 50대였다.

맡은 일이 가장 많았던 어느 해에는 아래와 같은 일들을 하기도 했었다.

1. 연구담당: 학교교육계획 작성, 교사 수업연구 주관, 교사 각종 연수 주관
2. 체육담당: 축구부(1교 1운동) 운영, 육상부 운영, 봄 소체육회, 가을 대운동회 추진
3. 특활담당: 합창부 운영, 고적대 편성 운영, 미술 행사 담당

연구 분야 일만 가지고도 해야 할 일은 태산이었다.

교육청에서 학교에 공개수업 요청이 오면 당연히 우리 반이었고, 이른바 교실개혁이니 뭐니 해서
새로운 교육정책이 만들어지면 그 실행 방안의 작성 및 발표 역시 내 몫이었다.

그 해, 축구부는 읍단위 대회에서 우승했고, 육상부는 군단위 대회에서 종합 3위를 했다.

합창부는 군단위 대회에서 우수상, 미술은 군단위 대회에서 기어이 입선은 시켰다.

고적대를 만들어 대운동회날 의식곡 등 모든 음악을 직접 연주하게 했고

고적대 퍼레이드는 운동회 프로그램의 백미였다.

이런 일들을 다하자니 물리적인 시간이 절대적으로 부족했다.

잠자는 시간을 줄일 수밖에 없었다. 학교 일 하느라고 날 새는 일이 많았다.

그렇지만 일 많다고 불평해 본 적은 없다.

그렇게 나는 훌륭한 교사는 아니었지만 정열적인 교사였던 것만은 맞는 것 같다.

친구 이상렬 시인이 선물해준 허형만(許炯萬) 시인의 시집《그늘이라는 말》에서
시 세편을 골라 곡을 붙였다.

예의 없이 먼저 곡을 붙여 놓고 친구를 통해 나중에 허락을 받았다.

아내의 초상

53.0×45.5㎝ 캔버스에 유채

나의 길

나는
내 어머니와 같은 길을 걷기가 싫었습니다.

그저
그 잘난 자식새끼들 뒤치다꺼리에 자신의 인생을 송두리째 묻어두고 지긋지긋한 고생을
감내하는 길로 들어서는 것이
정말 싫었습니다. 적어도

나의 길은
장미꽃 만발한 곳이어야 했습니다.

그 길을 찾아서
나는 쉬지 않고 걸었습니다. 언덕을 넘고 강을 건너고 가시덤불도 헤치며 앞만 보고 걸었습니다.
그러나
어디에도
만발한 장미꽃 화원은 없었습니다. 그래서 나는

차라리 땅을 일구어 장미를 심었습니다. 어머니의 길을 가기 싫다는 자존심, 아니, 오기 어린
집념으로 물 주고 거름 주어 기어이 탐스러운 장미꽃을 피워내고야 말았습니다. 그리고 나서

흠뻑 취한 만족스러움에 땀방울 훔치며 주위를 둘러보았습니다.
내가 서 있는 곳은
내 어머니께서 걷던 길 위였습니다.

오월

김홍균 작사
김홍균 작곡

아 카 시 아 꽃 향 기 흐 르 는

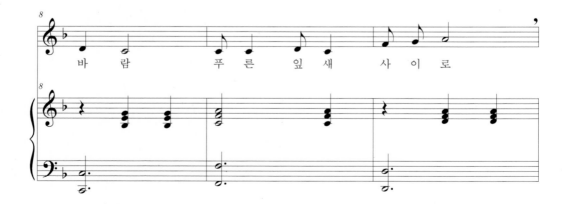

바 람 푸 른 잎 새 사 이 로

도
시
락

도시락 까먹는 소리 11

장모님은 정말 악착같이 일을 하셨다.
자식들 모두 결혼시키고도 자식들 도움을 거부한 채 스스로의 생활을 몸소 책임지셨다.
오히려 그토록 힘든 노동으로 번 돈이 조금 모이면 자식들 생활용품을 사 주곤 하셨다.
그런 어머니가 안쓰러워 아내는 친정에 갈 때마다 싸우다시피 하면서 일을 그만 하시라고 졸라댔지만
아무런 소용이 없었다.

아내도 그랬다. 악착같이 일했다.
가난한, 정말 지독히도 가난했던 내게 시집 온 것이 죄라면 죄였다.
아내는 입버릇처럼 말했다.
"내 자식에게만은 절대로 가난을 물려주지 않겠다."고.

시골 학교는 부지가 참 넓다. 실습지라는 이름의 땅이 꽤 많아서 교사들이 필요하면 조금씩 취미삼아
농사를 지을 수도 있다. 그러나 실제 농사를 짓는 교사는 없었다.
아내는 욕심껏 실습지를 차지해서 여러 가지 작물을 심었다. 취미가 아니고 살림에 보탬이 되고자 함이었다.
다른 사모님들과 어울리는 대신 온종일 밭일에 매달렸다.

오월.
수업을 마치고 학교 뒤편 실습지에 가 보면 아카시아 향기 진한 나무 그늘에 돌이 갓 지난 둘째를 뉘어놓
은 채 아내는 밭을 매고 있었고, 한 살 더 먹은 첫째는 그런 엄마를 귀찮게 하는 법이 없이 조용히 혼자 놀고
있었다.
보기엔 얼마나 평화로운 모습인가?
그러나 아내의 이마에 맺힌 땀방울은 결코 낭만적인 것이 아니었다.
나는 미안하고 안쓰러워 아무런 말도 하지 못했다.
훗날 가난의 굴레를 벗어 던질 수 있었던 것은 이런 아내의 노력이 바탕이 되었으리라.

먹고 살만한 지금도 아내는 손에서 일을 놓지 못한다.
이제는 장성한 딸들이 아내가 장모님께 했듯이, 일 좀 그만 하라고 사정하다시피 말해도 아무런 소용이 없다.
장모님 닮았다.

수석(개)

29.0×26.0×17.0㎝ 낙월도 산

弔犬 - 미미

너는
우리에게 온
인연 있는 한 생명이었다.

우리와 함께
우리가 된
가족이었다.

서로를 기다리고
서로를 걱정해 주던
가족이었다.

몸을 맞대지 않으면
서로 잠 못 이루는
우리는 그렇게
사랑하는 가족이었다.

이제
그 인연 다하여
너를 보낸다.

정말로
사후가 있는 것이라면
부디 행복하거라.

또한 정말로
윤회가 있는 것이라면
너 그렇듯 순하고 착하게 살았으니
내생에서
복 받는 한 생명으로
다시 태어나거라.

그리고 너에게
꺼지지 않는 영혼이 있다면
기억해다오
널 사랑했던
우리들을.

수석

김홍균 작사
김홍균 작곡

깨 어 져 - 천 년　　　가 만 히 - 엎 드 렸 다

다 듬 어 - 만 년　　　조 용 히 - 기 다 렸 다　　순 간

너 와 - 나 의 숨 결 이　　전 생 의 인 연 으 로 맞 닿 아

하 나 의　　의 미 로 피 어 났 다

도시락 까먹는 소리 12

개고기를 먹는 문화에 대해 말들이 많다.

언젠가 프랑스 여배우 브리짓 바르도(Brigitte Bardot)가 한국의 개고기 먹는 습관에 대해 신랄하게 비판한 적이 있다. 개를 먹는 것은 식인(食人)이라나? 요즈음엔 우리나라에서도 개를 반려동물이라고 하면서 개고기 먹는 것을 반대하는 목소리가 높아지는 것 같다. 개고기를 먹는 나로서는 나름대로의 반론을 가지고 있다.

개가 인간을 잘 따르고 서로 정이 들면 결코 사람 못지않다는 사실은 잘 알고 있다.

그렇다고 해서 개만을 다른 동물과 구분하여 인간의 반열에 올려놓고 식용에 대해 혐오감을 느낀다는 것은 이해하기 어렵다. 아무리 정이 들어도 개는 짐승이지 사람이 아니다. 반려동물이라고? 반려동물인 개는 다른 동물들보다 인간과 더 가깝다는 말인가? 그것이 생물학적 견해는 아닐 테고, 단지 정이 더 들어서?

농부들에게 물어보라. 개가 더 정이 드는지 소가 더 정이 드는지. 평생을 묵묵히 일하다가 도살장 등으로 팔려나갈 때 우는 소의 눈물을 보았다면 개만을 인간과 가장 가까운 짐승이라는 말을 할 수 없을 것이다. 〈워낭소리〉라는 영화를 보았는가? 평생을 일하다 죽은 소를 묻어주고 절에 가서 불공까지 드리는 그 농부의 마음을 헤아려 보라. 그 농부에게는 소야 말로 반려동물일 것이다. 그렇다고 그 농부가 소고기를 먹지 아니하겠는가?

말은 이렇게 하지만 나도 개를 키워 본 적이 있고 지금도 키우고 있다. 그리고 반려동물이란 말이 왜 나왔는지도 사실은 충분히 이해하고 있다. 정말 가족이라는 느낌이 든다.

전에 키우던 개가 죽고 나서 아내는 몇 년을 울었다. 지금도 가끔씩 생각이 난다.

위의 주장들은 개고기를 먹는 나를 합리화시키기 위한 변명일지도 모른다. 그렇다 하더라도 나의 생각을 바꾸고 싶은 마음은 없다. 사족처럼 몇 마디 덧붙이자면, 우리나라 사람들은 키우는 개를 애완용과 식용으로 구분한다는 것. 애완용 개는 잡아먹지 않는다는 것. 그리고 개는 영양학적으로 매우 우수한 식품이라는 것! 그래서 다음과 같은 시도 썼다. 읽어 본 사람마다 죽는다고 웃었다.

개

아끼던 개 죽어 눈물로 묻어주고 그 다음 날 나는 보신탕을 맛있게 먹었다.
실은 개가 죽기 전날까지 개소주도 먹었다.

수석 '개'는 내가 직접 캔 것이다. 수석 채취가 용인되던 시절에.

암

31.8×40.9㎝ 캔버스에 유채

산사에서

천왕문 들어설 때
사천왕 눈 부라리며
"버리거라!"

대웅전 기웃거리면
부처님 가만 웃으시며
"버리거라!"

세월만큼 쌓여만 가는
헛된 욕심

일주문 나서는데
종소리 따라오며
"버리거라!"

맑고 고운

김홍균 작사
김홍균 작곡

햇 살 자 - 락 새 어 드 - 는 수 풀 사 이 새 들 의 노 래

이 슬 방 - 울 송 알 맺 - 혀 웃 음 짓 는 작 은 꽃 망 울

저 돌 틈 사 이 흐 르 는 아 시 냇 물 의 속 삭 임

바 람 살 - 랑 스 쳐 가 - 면 손 짓 하 는 푸 른 잎 새 들

도시락 까먹는 소리 13

버리기

말기암이 / 폭풍처럼 내 인생을 강타했을 때 / 억울해 할 겨를도 없이 / 나는 모든 것을 버리기로 했다. // 이기적인 마음 / 헛된 욕심들 / 다 버리고 / 정갈하게 살아가야겠다고 // 어쩐지 암이라는 것이 / 삶을 잘못 살아 생긴 병일 것 같아 / 다 버리면 살 수 있을 것 같아 / 진심으로 버리고자 했다. // 그런데 사실은 / 그 버린다는 것이 / 그저 살고 싶어서 / 목숨을 구걸하는 일이라는 걸 // 나 스스로에게 / 내 속마음을 들켜버렸다.

2012년 10월. 병원에서 말기암 판정을 받았다.
직장암인데 이미 간으로 일곱 군데, 폐에 한 군데로 전이되어 수술도 불가하다고 했다.
죽음을 앞에 두고 나는 어떻게든 해결책을 찾으려 했다. 그래서 모든 것 버리고자 했는데
그것이 사실은 그저 살고 싶어 하는 발버둥인 걸 알게 되었다.
그게 싫었다. 살고 싶은 욕망보다 구차해지기 싫은 마음이 더 컸다.
……그래서 목숨에 대한 미련을 버리기로 했다.
그래, 살려고 최선을 다하자. 그러나 살려고 발버둥치지는 말자.
그리고 나 자신에게 물었다. '지금까지 최선을 다해 살아 왔는가?'
스스로 대답했다. '적어도 열심히 살아 온 것만은 확실하다.'
그랬으면 됐다.
목숨에 대한 미련을 버리고 나니 마음이 참 편안해졌다.
그래서 그냥 평소대로 살아가기로 했다.
'암이야 의사가 알아서 하겠지. 나는 나대로 즐겁게 살자.' 농담처럼, 그러나 진심으로!
공기 맑은 산 속으로 들어가라는 말도 많이 들었으나 나는 이렇게 대답했다.
"단지 살기 위해서 산 속에 들어가 10년을 사느니 평소대로 생활하면서 1년만 살겠다."
그리고 지금까지 열심히 치료받으면서 즐겁게 잘 살고 있다.

오랜 친구인 서예가 담헌 전명옥(湛軒 全明玉) 선생이 개인전 준비를 하는 나에게 암에 대한 작품을 세 점만 그려 보라고 해서 '암', '마음', '정신'이라는 글자를 가지고 작품을 만들어 다른 작품들과 함께 전시했었다.

누드

60.4×72.7㎝ 캔버스에 유채

이태원에서

자, 이제 우리의 이별을 준비하자.
가슴 이렇듯 떨려오는데
세상에 영원한 것은 없고
이별의 생채기 속에서도
추억은 진주처럼 아름다울지니
지는 날을 기약하며 피는 꽃처럼
그렇게 우리의 사랑을 시작하자.

이별의 노래

김흥균 작사
김흥균 작곡

아쉬움을 담아

이젠 헤 어져야할시 간 우리함 께여기모여 서 서로

손 에손을맞잡 고 지난날 을돌 아보 면 흐르

는 ― 인생길 에 우린지 금어디 에 아
던 ― 지난시 절 다시오 지않으 리 아

아 ― 어디쯤 에 무엇으 로서― 있는 가 잊지
아 ― 그리워 도 잡지못 할꿈― 이런 가

못 할고운추억 들 뜨 거 운가슴에담 고 앞 ―

날 의행운을빌 며 두―손 을함께모으 자 즐겁

손 을 함 께 모 으 자

도시락 까먹는 소리 14

모델을 앞에 놓고 누드화를 처음 그려보던 날.

야릇한 마음으로 작업에 들어갔지만 막상 그림에 몰두하다 보니 다른 생각들은 할 겨를이 없었다.

잘 그리고 싶은 생각은 모델을 그냥 평범한 물체로 보이게 했다.

한참 채색을 하다가 캔버스에서 눈을 떼고 보면 모델이 보이지 않을 때도 있다.

20분 작업에 10분을 쉬는데 쉬는 시간이 되는 줄도 모르고 작업에 열중한 것이다.

그렇게 완성한 첫 작품이어서 애정이 간다.

누드를 계속 그려 보고 싶었지만 대학원 이후 모델을 놓고 유화 작업을 한 적이 없다.

모델료도 그렇고 무엇보다 작업실이 따로 없기 때문이다.

정년퇴임을 하게 되면 나만의 작업실을 하나 갖고 싶은데 과한 욕심인지 모르겠다.

누드에 맞는 시나 노래를 선정하기가 마땅치 않아 그냥 감이 오는 대로 골라 보았다.

시는 서울이태원초등학교에서 근무할 때 외국인들이 많이 찾는다는 서울의 명소 이태원에 대한 느낌을 적어 본 것이고 노래는 이 시와 어울릴 것 같아 한데 묶었다.

서울소의초등학교에서 근무할 때 평생교육 시범학교를 운영한 적이 있었는데 나는 노래교실을 맡아 동네 주민들에게 노래를 가르쳤었다.

수강생들은 가요를 가르쳐주기를 원했다.

그들은 유행가 가수들처럼 노래를 부르고 싶었던 것이다.

그러나 나는 노래 부르기 전에 꼭꼭 발성 연습을 시키면서 아이들 합창 가르치는 식으로 소리를 만들어 노래를 부르게 했다.

노래는 가요든 가곡이든 가리지 않고 가사가 아름다운 것들을 선곡하여 가르쳤다.

2년 동안의 운영 기간이 끝나고 헤어지는 마당에 〈이별의 노래〉를 만들어 다같이 부르도록 했다.

이 노래를 부르면서 눈물을 흘리던 나이든 할머니의 모습이 눈에 선하다.

"……흐르는 인생길에 우린 지금 어디에, 아! 어디쯤에 무엇으로 서 있는가? ……"

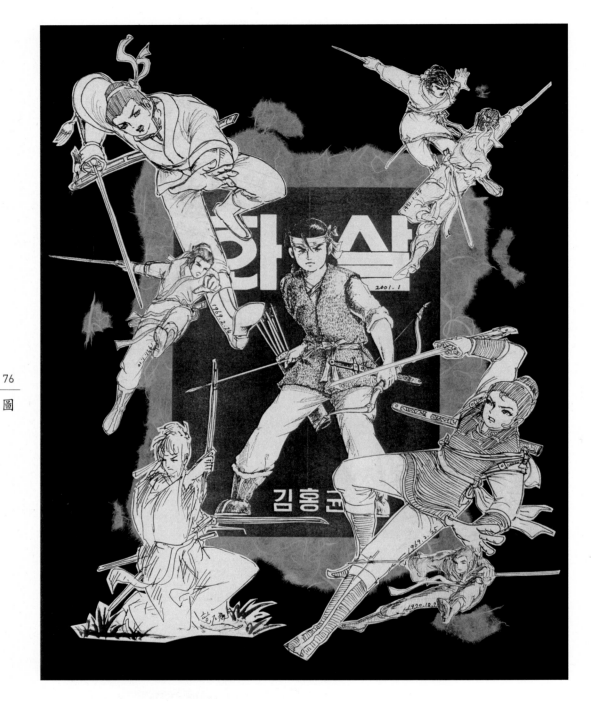

무림천하

29.7×38.6㎝ 종이에 펜, 먹

갈대

나는 변방에 있었다.
그곳이 온 세상인 줄 알았다.
실바람 그 작은 속삭임에
몸 흔들며 헤헤거리고 살았다.

태양 같은 열망은 가슴에만 있었다.
못 먹는 포도는 항상 시었고
한 뼘 진흙에 뿌리를 내려
소박하다 하였다.

파도 같은 치열함은 말 속에만 있었다.
거친 비바람은 엎드려 외면하고
부러지지 않음에 안도하며
초연하다 하였다.

스쳐 흐르는 강물 속엔
내 그림자보다 더 깊이
구름이 들어 앉아
나는 또 마음을 닫아야만 했다.

한이랄 것도 없다.
서산에 기우는 달을 보며
기껏 흔드는 손짓 정도야
어찌 이별이랴, 슬픔이랴!

별은 멀리서만 빛나고
새는 제 갈 길로 날아갈 뿐
나는 홀로
그렇게 변방에 있다.

구인사

김병렬 시
김홍균 작곡

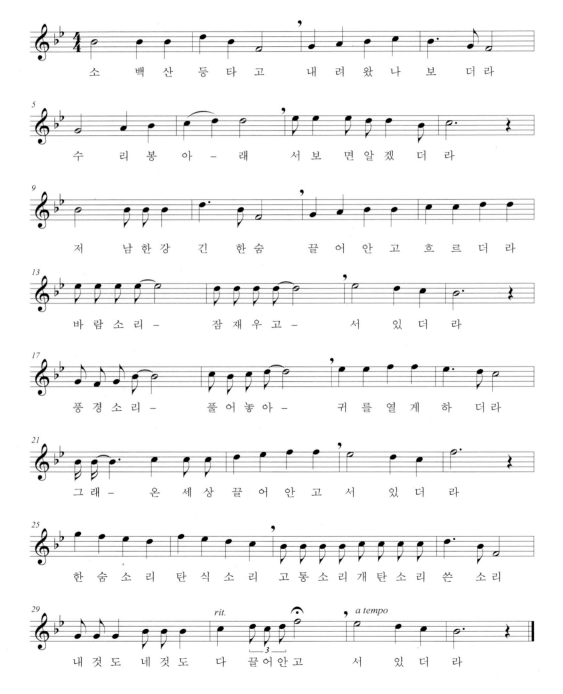

소백산 등타고 내려왔나 보더라

수리봉 아 — 래 서보면알겠더 라

저 남한강 긴 한숨 끌어안고흐르더라

바람소리 — 잠재우고 — 서 있더 라

풍경소리 — 풀어놓아 — 귀를열게하 더라

그래 — 온세상끌어안고서 있더 라

한숨소리 탄식소리 고통소리개탄소리쓴 소리

내것도 네것도 다 끌어안고 서 있더라

도시락 까먹는 소리 15

중학교 때 《군협지(郡俠誌)》라는 소설을 읽고 나는 무협소설에 완전히 빠져버렸다.

세상에 이렇게나 재미있는 이야기가 있다니!

무협소설은 대개 총 5권으로 이야기가 전개되는데 정말 재미있게 읽은 책들은 그 다섯 권의 내용을 모두 외워버리기도 했다. 미쳤다고 해야 하나?

누군가 농담처럼 그랬었다. "차라리 육법전서를 외울 것이지……."

그리고 중국(홍콩) 무협영화가 들어 왔을 때 그 영화에도 많이 집착했었다.

집안 살림은 학교 등록금을 걱정해야 할 정도로 가난했지만 어쩌다 생긴 용돈으로 무협영화는 챙겨 보았다.

하기는 당시에는 많은 사람들이 홍콩 무협영화에 열광했었다.

무협만화를 그리고 싶었다. 머릿속으로 줄거리를 구상해 보기도 했다.

퇴임 후에 정말로 만화를 그리게 된다면 첫 작품은 "화살"이라는 제목으로 그릴 것이다.

2001년도에 서울 남산 애니메이션 센터에서 교사들을 상대로 만화에 대한 연수가 있었는데 그때 구상해 오던 제목으로 만화 표지를 그려 보았었다.

그런데 2011년도에 〈최종병기 활〉이란 영화가 만들어져서 '아니, 어떻게 내 머릿속에 들어 있는 아이디어를 훔쳐 갔지?' 하고 농기어린 생각을 하면서 관람했었는데,

내가 구상했던 내용과 비슷한 점도 있고 그렇지 않은 점도 있었다.

무협 이야기에 관한 한 땅덩어리 광대한 중국이 부럽다.

장소의 제약을 받을 필요 없이 마음껏 상상해서 이야기를 펼쳐내어도 '뭐, 그런 곳도 있겠지' 하고 말 것이기 때문이다.

그래서 중국을 무대로 한 무협만화도 그리고 싶다.

고등학교 시절 일기장에 그려 보았던 그림들도 거의 모두가 중국식 무협만화 그림들이다.

그런데 학창시절에 그렸던 그림과 그로부터 30년이 지난 후에 그렸던 그림을 한데 모아 놓고 보니 서로 간에 별 차이가 없는 것 같다.

세월은 많이 흘렀는데 어째 그림 실력은 조금도 늘지 않은 모양이다.

숲 - 여름

53.0×45.5㎝ 캔버스에 유채

고향

눈을 감으라.
솔바람 소리
가슴을 저미면
먼 산 수풀 속
뻐꾸기 운다.

도대체 무엇을 위하여
이렇듯 촘촘히 엮어지는
지루한 나날
숨 가쁜 시간과 시간 사이에서

혹시
메말라버린 가슴속에
스며있던 그리움이
눈물처럼
왈칵 치솟거든

눈을 감으라.
시냇물 소리
발이 시리면
구불한 논길 사이
뜸부기 운다.

좋으리

이상렬 시
김홍균 작곡

도시락 까먹는 소리 16

뻐꾸기 울음소리는 한가하고 평화롭다.
맑으면서도 약간은 굵은 듯한 톤으로 급하지 않게 울어대는 소리를 들으면
산란한 마음이 가라앉는 듯도 하다.
난생 처음 아파트를 분양받아 내 집을 마련했을 때 누가 뻐꾸기시계를 선물로 주었다.
우리집 뻐꾸기가 울어댈 때 다른 집에서도 덩달아 뻐꾸기 소리가 들렸다.
다들 도심에서 한적한 시골을 꿈꾸며 사는 것일까?
지금 살고 있는 용인 집에서는 진짜 뻐꾸기 소리가 들린다.
참 반갑다.

뜸부기는 뻐꾸기보다 더 낮은 톤으로 운다.
그 소리를 들어 본 사람은 드물 것 같다.
〈오빠 생각〉이라는 동요에서 가사로나 접했을 것이다.
그 옛날 어머니께서 논의 김을 매시다가 뜸부기 둥지를 발견하셨다.
농사에 해가 될까 싶어 알들이 들어 있는 그 둥지를 들고 집으로 향하는데
어미 뜸부기가 한사코 따라오더란다.
쫓아도, 쫓아도 그 어미 새는 물러설 기미를 보이지 않고 마냥 슬프게 울어대며 계속해서 따라왔다고 했다.
이것이 죄를 짓는 행동일 것 같아 그 둥지를 다시 제자리에 놓아두고 오셨다는 이야기를
그 어린 시절에 어머니로부터 직접 들었다.
어린 마음에도 잘 하셨다 싶었다.

고등학교 동기인 이상렬(李相烈) 시인이 2011년에 광주에서 '부부 시화전—동락(同樂)'을 열었을 때
열 장 남짓 그림을 그려주고 시 두 편에 곡도 붙여 보냈는데(그 후로도 몇 곡 더 만들었다.)
오픈식 날 그 곡들을 성악가가 불러주었다. 〈좋으리〉는 그 중 하나이다.

장미3

24.2×33.4㎝ 캔버스에 유채

사랑의 이유

내가 그대를 사랑하는 까닭은
사실은
그대를 위해서가 아닙니다.
그대를 사랑한다는 것이
내게
가슴 떨리도록
행복한 일이기 때문입니다.

괜찮습니다.
그대가 나를 외면한다 해도
애원하지 않겠습니다.
나의 사랑을 들어달라고

메아리조차 없는 허공을 향하여
헛되이 외쳐대는 이 아픈 사랑을
그러나
그것이 나의 행복일진대
목이 쉬어도
멈추지 않겠습니다.

내 사랑 현아

김홍균 작사
김홍균 작곡

내 사랑 현아 아 – 는 어 여 쁜 아 가 씨

영 롱 한 두 눈 이 반 짝 이 는

내 사 랑 현 아 – 는 귀 여 운 아 가 씨

해 맑 은 미 소 가 아 름 다 운

아 – – 사 랑 은 순 결 한 것

아 – – 사 랑 은 영 원 한 것

내 사 랑 현 아 – 는 어 여 쁜 아 가 씨

이 세 상 끝 까 지 사 랑 하 리

도시락 까먹는 소리 17

당신이 보고프면 그림을 그린다오.
긴 머리, 반짝이는 눈, 해맑은 미소.
내 그림 속엔
그리움이 흠뻑 묻어 있을 게요.

현아에게 보낸 편지 내용이다.
엽서에 그녀의 모습을 그리고, 여백에 짧은 글을 적어 보냈다.
허리 아래까지 늘어진 그녀의 윤기 나는 검은 머리는 참 아름다웠다.
내가 정말 좋아하던, 지금도 좋아하는 노래 〈긴 머리 소녀〉를 연상하게 했다.

그녀와 처음 만났던 날 우리는 염산의 바닷가를 거닐었었다.
유치원 교사였던 그녀는 그날 이런 말을 했다.
"나의 꿈은 낙도에서 아이들을 가르치고 싶은 것"이라고.
내가 섬마을 선생님을 꿈꾸었을 때, 만약 결혼이라는 것을 한다면
섬에서 나와 함께 평생 동안 살 사람이어야 한다고 생각했었다.
당연히 그래야 하지 않겠는가?
그런데 같은 꿈을 꾸고 있는 사람을 만난 것이다.

그 후 나는 그녀의 사랑을 얻기 위해 여러모로 노력했다.
노래를 만들어 보낸 것도 사랑을 얻기 위한 노력 중 하나였다. 〈내 사랑 현아〉
나중에 그녀는 그 노래 때문에 나에게 마음을 주었다고 말했다.
1977년 당시에 노래를 만들어 보내 놓고 따로 채보를 해 놓지 않아 한참을 잊고 있었는데
최근에야 옛날 기억을 더듬어 다시 복원해 보았다.
가락은 단순하고 소박하지만 그래도 젊은 시절의 순수함이 그대로 묻어나는 것 같다.

현아는 지금 내 아내가 되어 있다.
이름은 조경숙(曺卿淑)인데 가문의 항렬로 볼 때 현(鉉)자 항렬이라고 해서 사귀던 시절에
현아라는 애칭으로 불렀었다.

만월

31.9×37.9㎝ 종이에 꼴라쥬

어머니

아무리 불러 보아도
물리지 않을 이름입니다.

세상에 태어나
말을 시작하면서
맨 처음 불러보았던 이름입니다.

그리고
오랜 세월 동안
당신의 쓰린 가슴을 헤집으며
온갖 투정과 응석으로 불러 보던 이름입니다.

어쩌면 그렇게도 훌쩍
당신이 내 곁을 떠난 뒤에야
그런 뒤에야 철이 들어
고달픈 삶의 틈새로
그리움이 문득 문득 솟구칠 때면
눈물과 회한으로 불러 보는 이름입니다.

내 살덩이보다 더 아까운 자식새끼들이
저 잘난 줄만 알고 까불대며 살아가는 모습들을
비로소 당신의 마음이 되어 바라보면서
훗날 언젠가
조용히 눈을 감을 때
마지막으로 불러 볼 이름입니다.

달아 달아 밝은 달아

김홍균 첨사
김홍균 작곡

달 아 - 달 아 - 밝 은 달 아

달 아 달 아 밝 은 달 아 이 태 백 이 놀 던 달 아
옥 도 끼 로 찍 어 내 어 금 도 끼 로 다 듬 어 서

우 리 엄 마 어 릴 적 에 외 할 머 니 등 에 업 혀
우 리 엄 마 꿈 속 마 다 외 할 머 니 웃 는 모 습

소 리 맞 춰 부 른 노 래 달 아 달 아 밝 은 달 아 -
꿈 에 서 도 부 른 노 래 달 아 달 아 밝 은 달 아 -

저 기 저 기 저 달 속 에 계 수 나 무 박 혔 으 니
초 가 삼 간 집 을 짓 고 계 양 친 부 모 모 셔 다 가

저 기저 기저 달에 계 수나 무박 헸네

옥 도끼 로찍 어 서 금 도끼 로다 듬 어

초 가삼 간집 짓고 양 친부 모모 셔 — 다

천 년 만 년 살 고 지 고 천 년 만 년 살 고 지 고

우 리 엄 마 - - - 늙 을 적 엔 - 내 가 엄 마 - - - 등 에 업 고 -

94
樂

천 년 만 년 부 를 노 래 달 아 달 아 밝 은 달 아 -

달 아 달 아　　　　밝 은 달 아

樂

도시락 까먹는 소리 18

어머니란 단어에 대해 이런 저런 말을 하는 것은 참으로 부질없다.

세상 모든 사람들에게 가장 소중한 존재일 것이므로.

'어머니'라는 그 진부하기까지 한 제목으로 그러나 나 또한 꼭 시 한 편 써 보고 싶었다.

어머니…….

내 어머니께서 가신 날은 달 밝은 보름날이었다.

당신의 생애를 어느 소설가가 글로 쓴다면 방대한 대하소설이 될 것이다.

그만큼 극적이고 굴절 많은 삶을 살아 오셨다.

고등학교 때부터 알고 지내는, 톡톡 튀는 머리가 부러운 오랜 친구 한상수(韓祥洙)는

나만 보면 입버릇처럼 말한다.

"네가 어머니의 반만 닮았어도 훨씬 똑똑했을 텐데."

파란 많은 인생의 끝을 가난과 함께 하셨지만, 어느 누구 앞에서도 당당한 태도를 잃지 않고

살아가신 기개 높은 여장부셨다.

교사 노릇을 하는 동안 나는 아이들에게 노래를 참 많이 가르치고 부르게 했다.

고학년을 맡으면 1년에 100곡 이상의 노래를 부르게 하는데 수업일수가 220일 정도이니

이틀에 한 번 꼴로 새 노래를 가르치는 셈이다.

1998년에 1학년을 맡았다.

학예회를 하는데 전래동요 〈달아 달아 밝은 달아〉에 가사를 지어 덧붙이고 편곡을 해서

아이들로 하여금 부르게 하였다.

내 어렸을 적 기억을 떠 올리며 곡을 만들었다.

아이들에게 효도하는 마음을 길러주고자 이 노래를 부르게 했다.

몇몇 아이들이 "선생님, 눈물 날 것 같아요." 했을 때 참 고맙다는 생각이 들었다.

학예회 날 아이들은 이 노래를 고운 소리로 잘 불러 주었다.

"양친 부모 보고파도 모실 부모 이젠 없어, 눈물짓고 부른 노래 달아 달아 밝은 달아."

그 순수한 아이들이 눈물 날 것 같다 하던 대목이다.

화실

72.7×90.9㎝ 캔버스에 유채

황무지에 혼자 피어 있는

굳이 이곳을 택하였으랴
운명을 탓할 겨를도 없었겠지.
풀썩이는 흙먼지
한 모금의 습기를 얻어내려고
뿌리는 얼마만큼이나 용을 쓰며
자갈밭 땅 속을 비집고 있을까?
가려주는 그 무엇 하나 없어
강풍에 뒤틀려 버린 야윈 몸뚱이는
체념한 듯 외려 편안하게 누웠는데
그래도
지친 영혼에 채찍을 가하는
잔인한 희망인양
꽃은 피어야만 했나보다.

기도

이상렬 시
김홍균 작곡

수많은 돌탑사 이 - 백 담계 - 곡이 -

발 목아프게희 - - 다 발목아프게 - 희 다 -

얼음장밑 으로 - 흐르는독경소 리 -

돌 탑사이로스 - 치는 산내리바람소 리 -

나 - 도 무릎을 꿇고 - 돌 - 탑을 세 - 운다

무릎을꿇 - 고 - 돌탑을세 - 운 다 -

도시락 까먹는 소리 19

그림을 그리는 작업은 더없이 즐거운 일이다.

하얀 캔버스는 미지의 세계이다.

물감이 칠해지는 순간 나는 새로운 세계를 창조하는 창조주가 된다.

사인을 하고 나면 나의 새 세계는 완성된다.

작품이 미흡하면 어때? 그림을 그리는 동안 그토록 행복했는데!

프로는 고달프다.

그들은 그 직업에 자신의 삶을 걸어야 한다.

스타는 빙산의 일각일 뿐, 얼마나 많은 무명들이 세상에 이름을 알리기는커녕

생계조차 해결하지 못한 채 바닥을 헤매다 사라져갔을까?

바둑 프로기사 조치훈은 말했다. "목숨을 걸고 둔다!"고.

동네 바둑 5급 정도 되는 나는 그냥 재미로 바둑을 둔다.

이기면 즐겁고 져도 그만이다. 한 판 다시 두면 된다.

바둑의 깊이야 어찌 프로만큼 알겠는가?

그러나 바둑을 두면서 느끼는 즐거움을 아마추어라고 해서 왜 모르겠는가?

젊은 시절 나와 함께 교직에 있던 한 친구는 그림에 전념하겠다며 과감히 사표를 냈다.

그리고 화실을 차려서 그야말로 그림으로 인생의 승부를 걸었다.

당시에 그는 미대 교수들을 비웃었다.

배부른 직업을 가지고 그 이름값으로 그림을 그리는 것은 유희에 불과하다고!

그의 말은 일리가 있어 보인다.

하지만 지금까지도 그는 우리나라의 그 수많은 무명화가 중 하나일 뿐이다.

그의 생활은 고달파 보인다.

살아가면서 좋아하는 일을 직업으로 택하는 것이 꼭 좋은 일일까?

잘 할 수 있는 일로 직업을 삼고 좋아하는 일을 취미로 하는 삶은 어떨까?

이슬비 내리는 이른 아침에
116.5×90.5cm 캔버스에 유채

'07. 8.
Kim Hong Giun

할미꽃

안개가 외로움으로
나를 감싸면
그냥 외로운 채로

이슬비 슬픔으로
몸을 적시면
그냥 슬픈 채로

조용히 피었다가
아무 말 없이 스러지는
저기
외진 무덤가의
할미꽃처럼

비가 내리면

김홍균 작사
김홍균 작곡

도시락 까먹는 소리 20

"이슬비 내리는 이른 아침에 우산 셋이 나란히 걸어갑니다. 빨강 우산 깜장 우산 찢어진 우산……."

나이든 사람에게 참 정겨운 동요이다.

요즘에도 비닐우산이 있나 모르겠다.

잘못 다루면 곧잘 찢어지고, 바람이 조금만 세게 불어도 그냥 뒤집히던 비닐우산.

천으로 된 우산이 귀했던 그런 시절. 누구나 다 같이 가난했던 그 시절.

우리집도 참 가난했었다.

신발을 닳고 닳도록 신었다.

비 오는 날이면 떨어진 밑창 사이로 물이 들어와 철떡거리면서 신고 다녔다.

겨울엔 눈 녹은 물이 새어 들어와 발이 꽁꽁 얼었다.

비싼 학용품은 사지 않았다. 물감이나 붓 같은 것은 친구 것을 빌려 썼다.

고등학교 2학년 때였다. 그때는 가정환경 조사라는 것을 했었다.

집에 TV, 라디오 등이 있는지, 신문은 보는지, 집은 자가인지, 전세인지, 월세인지…….

선생님께서 물었다. "집에 시계 있는 사람?" 많이 손을 들었다. "없는 사람?" 몇 사람이 손을 들었다.

그런데 합해보니 전체 인원수와 맞지 않는다.

"손 안 든 사람?" 내가 손을 들었다. "뭐야?" 시계가 있는 것이냐, 없는 것이냐?

"시계가 있는데 고장 나 버렸습니다." 교실 안이 뒤집어졌다.

다음 질문은 집이었다. 자가인가, 전세인가, 월세인가? 또 합산이 맞지 않았다.

"손 안 든 사람?" 내가 손을 들었다. "뭐야, 또?"

"끌세(사글세)요." 교실 안은 한 번 더 뒤집어졌고 선생님께서는 짠한 표정을 지으셨다.

그 시절에 가난은 결코 고통으로 다가오지는 않았다.

더 가난한 사람들도 참 많았다.

지금은 아름다운 추억으로 채색되는 그 시절이다.

모란처럼

20.4×28.3㎝ 종이에 연필, 펜

은이 이야기 3 — 수미

수미는 선생님께 편지를 썼다.

선생님, 저도 은이처럼 공부를 잘 하고 싶습니다.
그런데 책만 펴들면 잠이 오고 머리는 깨질 듯이 아픕니다.
어떻게 하면 은이처럼 공부를 잘 할 수 있을까요?

선생님은 수미에게 답장을 썼다.

수미야, 은이도 책을 펴들면 수미처럼 잠이 오고 머리도 깨질 듯이 아프단다.
그러나 그것을 참고 이겨내며 공부하고 있는 거란다.

6학년 1학기 때 60명 중 30등 하던 수미는
졸업할 때 여섯 명만 타는 우등상을 받았다.

지금 어디에서
수미는
숱하게 밀려오는
인생의 온갖 역경들을
참고 이겨내며
잘 살고 있겠지.

아침이슬

김홍균 작사
김홍균 작곡

밤 하늘 수를놓-은 별 님의고 운빛 이
밤 새워 얘기하-던 별 님의고 운꿈 이

싱 그런 풀잎위-에 구슬되어맺 혔 나
화 사한 꽃잎위-에 진주되어맺 혔 나

해 맑은 방울들-이 햇빛안고반짝반- 짝
영 롱한 방울들-이 바람안고또그르- 르

무 지개 빛깔처-럼 아름답게빛 난 다
천 사의 미소처-럼 소리없이구 른 다

아 -- 아 침이-슬 별-님-의마 음
아 -- 아 침이-슬 별-님-의마 음

풀 잎에 머물고-픈 별-님-의소 망
꽃 잎에 내리고-픈 별-님-의소 망

樂

도시락 까먹는 소리 21

은이 이야기

은이는 커서 시인이 되고 싶어 했다. / 서해 바닷가 / 영광 염산에서 태어난 은이는 // 소아마비를 앓아 / 목발이 / 자라지 않은 두 다리를 대신했는데 // 언제나 웃는 얼굴의 은이는 / 초등학교 6년 동안 / 결석 한 번 / 지각 한 번 없었고 / 공부 또한 1등이었다. / 체육만 빼고 / 체육시간엔 / 혼자 / 스탠드에 앉아 / 펄펄 뛰는 친구들을 / 웃으며 바라보곤 했었다. // 여드름과 함께 찾아 온 / 사춘기의 문턱에서 / 그 튼튼한 다리들이 / 뛰며, 달리며, 뒹구는 모습들을 / 웃음으로 바라보던 은이는 / 어느 날 / 운명에게 대들었다. // 목발을 / 버렸다. // 그리고 / 그 먼 중학교까지 / 걸어 다녔다. / 그냥 걸어서 다녔다. / 자라지 않은 그 다리로 걸어서 다녔다. // 그러자 / 운명은 은이에게 / 병을 주었고 / 병은 은이를 / 죽음으로 인도했다. / 간단히 / 너무 / 허망하게 // 커서 시인이 되겠다던 은이는 / 불구의 몸에서 배어나는 눈물을 / 웃음으로 감추기가 얼마나 힘이 들었을까 / 언제나 웃는 모습으로 / 그렇게 / 열다섯 해를 살고 가버렸다.

은이 이야기 2 — 금희

금희는 6학년 때 / 은이와 다른 반이 되었다. // 6학년 담임들이 / 의견을 모아 / 금희는 은이와 다시 한 반이 되었다. // 금희는 / 아침이면 / 자기 집보다 더 먼 은이네 집에 가서 / 소아마비로 두 다리가 불편한 / 은이와 함께 학교에 오고 / 학교가 파하면 / 은이네 집에까지 / 은이와 함께 갔다. / 연중 수업일수 / 220일을 함께 오고 / 220일을 함께 갔다. / 6년을 함께 오고 / 6년을 함께 갔다. // 졸업식 때 / 둘이 함께 / 6년 개근상을 받았다. // 지금 / 은이는 죽고 없는데 / 금희는 / 어디에서 / 누구를 데려다 주고 있을까?

모란보다 더 아름다운 아이들이었다.
아침이슬보다 더 맑은 아이들이었다.
수미(鄭樹美)는 오랫동안 소식이 끊겨 있다가 오랜 수소문 끝에 나를 찾아내어
지금은 딸처럼 연락하며 살고 있다.

어화(漁火)
112.1×145.5㎝ 캔버스에 유채

낙월도에서

두드려도
두드려도
열리지 않는 가슴이여
파도는 목이 멘다.

삶을 건지던 바다에
주어버린 목숨

그리움이야
모진 세월로 동여매어
하마

터져버릴 가슴에 묻고
아낙은
눈물보다 진한 땀방울로
오늘을 산다.

육지는 멀어
애비를 죽인 바다
떠나라
떠나라
파도의 속삭임 따라
가버린 자식들

서방을 죽인 바다
떠나라
떠나라
떠나라
을러대는 파도의 끝자락을 부여잡고
끈적끈적한 뻘밭에서
여린 듯 질긴 삶을 캐고 또 캘 뿐

체념을 아는 섬은
침묵 속에 떠 있고
바람마저 지쳐 잠이 든 밤
지는 달
그림자가
당나무 아래 드리운다.

독도

김홍균 작사
김홍균 작곡

동 해 바 – 다   한 – 가 운 데

홀 로 솟 – 아   독 도 라 했 네

푸 른 물 - 결　　　눈 부 신 햇 살

樂

아 름 다 - 운　　　우 - 리 의 섬

Fine

천 겁 을 비 바 람 과 싸 워　앙 상 남 은 뼈 마 디　만 겁 을 파 도 에 또 씻 기

어   오 히 려 담 담 해 진   파 리 한 얼 굴 이 여   천 만 겁 을

홀 로 이 버 텨 온 인 내 와 의 지 가   반 만 년 세 월 속 에   면 면 히 흐 - 르 고

樂

이 제 다 시 닥 - 쳐 올   억 겁 의 시 련 앞 에 우 뚝 서

D.C. al Fine

樂

도시락 까먹는 소리 22

낙월도(落月島).

이름이 참 아름답다. 지는 달…….

전라남도 영광군에 소속되어 있는 그 섬에서 1년을 근무했었다.

서울 사는 사람들에게 설명할 때 "남자들 인신매매해서 새우잡이 어선에 팔아먹는 곳"이라고 말하면 들어 본 적 있다며 고개를 끄덕인다.

'섬마을 선생님' 노릇을 하면서 나는 참 행복했다.

날마다 바라보는 바다. 그러나 물리지 않았다. 바라보기만 해도 마음이 확 트이곤 했다.

꿈꿔 왔던 섬마을 선생님이 체질에 맞는 것 같았다.

어민들의 생활은 달랐다.

어선을 가지고 있는 사람들은 부자였을 것이다.

그러나 생활이 어려운 사람들이 더 많았다.

무엇보다도 남편을 바다에서 잃고 혼자 사는 여인네들의 삶은 정말로 힘들어보였다.

새우잡이 어선에서 일하는 사람들.

소문처럼 인신매매로 팔려오는 경우는 거의 없는 것 같았다.

나름대로의 복잡한 사연들이 이리저리 얽혀 있는 것이다.

그들의 봉급은 1987년 당시 1년에 50만 원. 자칫 폭풍우 등에 배가 뒤집혀 사망하는 날엔 몸값이 30만 원—쌀 세가마니 값이었다. 내가 듣기로 그랬다.

여름.

태풍 '셀마'가 인구 200여 명의 섬을 덮쳤다.

5명씩 일하는 새우잡이 어선 12척이 뒤집혀 56명이 사망하고 4명만이 살아남았다.

바라보는 섬과 살아가는 섬은 그렇게 달랐다.

어디 섬뿐이랴!

그림에 나오는 섬은 울릉도이다. 신문에 난 사진을 보고 그렸다.

경은이

45.5×53.0㎝ 캔버스에 유채

초원의 집

그러니까
너 아주 어렸을 적
엄마가 사준 하얀 옷을 걸치고
널따란 모자를 씌워
아빠랑 둘이 손잡고 걸어갈 때

지나가던 사람들이
당시 TV 인기 프로그램이었던
초원의 집에 나온 주인공 같다며
따뜻한 눈길로 우리를 바라보았단다.

넓은 초원에
하얀 나비인양 나풀거리던
그렇게 행복한 가족들처럼
경은이 가슴 속에도 그런 집을 지어가기를

밤이면 창문을 활짝 열어
꿈처럼 빛나는 별빛을 바라보고
눈부신 태양 아래
사랑이 열리는 정원을 가꾸어 가기를

맑은 바람이 실어 온 클로버 향으로
먼지를 털고, 땀을 씻으며
갈수록 아름답고 포근해지는
그런 집에서,
그런 집에서.

초원의 집

김홍균 작사
김홍균 작곡

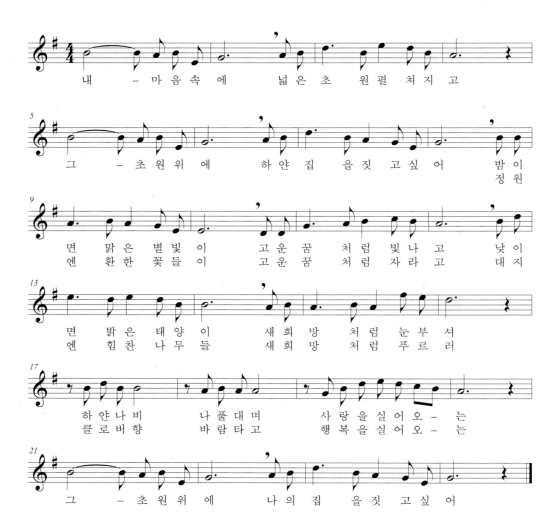

내 - 마음속에 넓은초 원펼쳐지고

그 - 초원위에 하얀집을짓고싶어 밤이
정원

면 맑은별빛이 고운꿈처럼빛나고 낮이
엔 환한꽃들이 고운꿈처럼자라고 대지

면 밝은태양이 새희망처럼눈부셔
엔 힘찬나무들 새희망처럼푸르러

하얀나비 나풀대며 사랑을실어오-는
클로버향 바람타고 행복을실어오-는

그 - 초원위에 나의집을짓고싶어

도시락 까먹는 소리 23

사설 피아노 학원에서 주최하는 전국 피아노 경연대회에서 대상을 받았을 때,
심사위원들이 초등학교 6학년인 큰아이더러 음악을 전공하라고 했었다.
그리고 중학교 2학년 때는 음악을 전공한 담임선생님이 성악을 전공하라고 권유했단다.
그 말을 들은 나는 기쁘기도 했지만 내심 불안했다.
뒷바라지할 돈이 걱정이었다.

속 깊은 큰아이는 고등학교에 진학하면서 영어를 전공하겠다고 말했다.
고마운 말이었다.
그러나 내 가슴 속에 평생 지울 수 없는 미안함을 새겨버린 말이었다.
중학교에 진학했을 때부터 남들 돈 내고 다니는 학원에 근로장학생으로 등록하여
강사들의 강의 준비와 뒷정리를 맡아 하면서 무료로 강의를 듣고 다녔었다.
사교육비 지출이 없는 것이 살림에 많은 보탬이 되었다.
더 미안했다.
고3. 그 바쁜 시절에도 자신의 빨래와 방청소는 스스로 했다.
매사에 엄격한 아내는 그런 식으로 아이들을 키웠고 나도 그런 교육방침에 동의했지만,
다른 한편으로는 '남들은 저 시간에도 공부할 텐데.' 하는 생각이 들어 안타깝기도 했다.
대학교 때 호주 어학연수를 간다고 550만 원을 달라고 해서 주었더니
어학연수 마치고 돌아오면서 그 돈을 고스란히 내어 놓았다.
큰아이는 그렇게 자라왔다.

지금 큰아이는 중학교에서 영어를 가르치고 있다.
그러면서도 음악적 재능을 살려 아카펠라 동호회를 만들어 활동하고 있다.
동호회 회장을 맡기도 하고 공연을 기획, 연출하기도 하면서 열심히 산다.
세상을 그렇게 적극적으로 살아가는 모습이 참 보기 좋다.

김영태 선생님

17.4×25.4㎝ 종이에 펜

초여름

배암이 또아리를 틀고 앉은
길바닥에
개구리를 잡아 패대기치던
아이는
산비탈 황토밭
엄마를 찾았다.

어제처럼
흙 속에 시름을 묻어가는
호미자루
뙤약볕 아래
밭이랑은 아직 길기만 하고
그냥 한 번 졸라본 아이는
울음을 얻어 가지고
보리밭으로 내달았다.

엄마의 야단이 아니드래도
보릿목 얹어 놓은 구덩이에서
솔솔 피어나는 연기에
눈물이 솟고,

코끝에 묻은 검댕이
땀 젖은 목덜미엔
꺼러운 보리 까시락.

아침이슬1

김관식 시
김홍균 작곡

밤 새 도 록   하 늘 나 라 별 들 이 내 려 와

초 록 풀 잎 위 에 서   놀 다 갔 나 봐

별 빛 처 럼   밝 고 맑 은 이 - 슬 방 울 들

이 슬 이   저 리 도   맑 은 걸 보 면

별 들 도   무 - 척   맑 - 을 거 야

도시락 까먹는 소리 24

'사랑'이야말로 교육의 충분조건이다.

수업기술은 교사가 갖추어야 할 필요조건이지만 그 수업활동을 함에 있어 아동에 대한 사랑이 결여되어 있다면 아무리 뛰어난 수업기술을 가지고 있다 한들 '교육'이라는 활동을 충족시킬 수는 없을 것이다.

반면, 사랑은 수업기술과 상관없이 교육을 완성시킨다.

아동들을 진심으로 아끼면서 가르친다면, 또 아동들이 그런 선생님을 신뢰하고 따라준다면 수업방법이야 주입식이든 최신 이론을 적용한 것이든 상관이 없다.

오랜 교직생활에서 얻은 결론이다.

윤효 시인의 〈김영태 선생님〉은 교육에 있어서 사랑이 얼마나 절대적인 것인지를 극명하게 보여주고 있다.

풍금을 못 치는 선생님이 옆 반에서 부르는 노래를 따라 부르게 해도 아이들은 풍금을 치지 못하는 선생님을 흉보는 것이 아니라 자연스럽게 따라 부르는 것이다.

시인은 30년이 지나도 그때 "그렇게" 배운 노래들을 가장 잘 부른다고 하지 않는가!

교장이 되어서 나는 직원종례 시간마다 그날에 알맞을 것 같은 시 한 수 읊어주는 것으로 '교장선생님 말씀'을 대신했는데 학년 초에는 꼭꼭 이 〈김영태 선생님〉을 읊곤 했다.

교감시절 서울중부교육지원청에서 발행하는 홍보잡지 편집을 맡아 일을 할 적에, 당시 오산중학교 교사로 근무하던 윤효—나중에 알고 보니 필명이었다. 본명은 물어보지 못했다.—시인의 시를 받아 만화의 형식으로 만들어 보았다.

시를 만화와 버무려 보고 싶어서 홍보잡지 구성 내용에 그때까지 없던 '만화로 읽는 시'라는 꼭지를 새로 만들고 거기에 〈김영태 선생님〉을 실었다.

그렇게 시와 만화를 버무린 첫 작품인데 괜찮은 구성이라고 자평해 본다.

이런 형식의 만화를 더 많이 만들어 보고 싶다.

찔레꽃
31.8×40.9㎝ 캔버스에 유채

찔레꽃

아파트 담벼락
돌 틈 사이
힘겹게 삐져나온
찔레꽃
바쁜 걸음 붙잡고
고향을 묻는다.

그곳엔
논둑길 옆
개울물 소리
아직도
귀에 차갑고
하늬바람에 얼굴 씻은
하얀 꽃잎
흰 구름 곱게 깔린
물 위에 뜨면
송사리 떼
행복에 겨워
소스라치는

그곳에
언제쯤 다시 갈 거냐고
먼지 앉은
조그만 얼굴로
나를 보며
한사코
묻고 있다.

고향

김홍균 작사
김홍균 작곡

산 너 머 흰구 름 두둥 실 떠오 고 수 평

선 저멀 리 흰돛 단 배둥실떠가 는 그 리

운 고 향 은 머 – 나 먼저하늘아 래 가 고

픈 고 향 은 머 – 나 먼저하늘아 래

도시락 까먹는 소리 25

나에게 있어서 찔레꽃은 고향이다.

어릴 적 떠나 온 내 고향에 찔레꽃이 많았던 기억은 없다.

다만 찔레꽃을 볼 때마다 1학년까지 다니던 초등학교 등하굣길 개울 근처에 피어 있었던

그 찔레꽃이 떠오르고, 같이 놀던 친구들이 떠오르고, 고향 마을이 떠오른다.

고향을 떠올리게 하는 꽃이야 사람마다 다르겠지만, 적어도 나는 도심에서 혹은 등산길에서

혹시라도 작은 얼굴을 하고 다소곳이 피어 있는 하얀 찔레꽃을 만나게 되면

눈물이 날 것만 같은 고향이 떠오른다.

교대에 입학하여 오르간이라는 악기에 몰입하면서 노래를 만들고 싶어졌다.

겨우 반년 정도 혼자 연습해 본 오르간 솜씨로 작곡이라는 작업을 하고 싶다는 생각이

참 어이없는 발상일 수 있겠지만 어쨌거나 노래를 만들고 싶었다.

그 당시에는 '그래, 누구에게 보여주거나 발표할 것도 아닌데 혼자 만들어 보면 어때?' 하는

생각이 들었을지도 모른다.

노래를 만들고자 했을 때 가장 먼저 떠오르는 소재는 '고향'이었다.

채 10년도 살지 못하고 아홉 살 때 도시로 이사 왔건만 그 짧은 세월 동안 고향은

가장 선명하게 각인되어버린 기억이기 때문이었을 것이다.

어디 나만 그러겠는가?

그래서 가사를 쓰고 곡을 붙여 보았다.

가사가 피상적이긴 한데 정말 내 고향 마을은 산을 등진 농촌이면서

저 멀리 바다가 살짝 보이기도 한 곳이었다.

곡의 흐름은 느려터진 내 성격을 닮은 것 같다.

하지만 첫 작품인걸. 나름 소중히 여기기도 한다.

숲 - 가을
53.0×45.5㎝ 캔버스에 유채

이삭줍기

가을걷이 끝이 난
황량한 들판

바구니 옆구리에
겨운 늙은이

야윈 허리 구부려
이삭 줍는다

석양에 노을 비낀
저녁 어스름

그리움

김홍균 작사
김홍균 작곡

가 을 바 람   바 람 속 에   흐 르 는 - 낙 엽 -

낙 엽 마 다   새 겨 지 는   그 리 운 - 얼 굴 -

세 월 은   흘 러 도   사 랑 은 남 는 다 고

그 리 움 에   붉 게 젖 어   흐 르 는 - 낙 엽 -

낙 엽 처 럼   흩 어 져 갈   그 리 운 - 사 랑 -

도시락 까먹는 소리 26

대학생활 2년 동안 나는 전체 학생의 절반이 넘는 여학생 중
그 누구하고도 이른바 데이트라는 것을 해 본 적이 없다.
의례적인 인사말도 별로 건네지 않고 지냈다.
지독히도 내성적인 내 성격 탓이다.
중, 고등학교 시절 6년 동안 어떤 친구 집에도 놀러 가 본 적이 없다.
우리집에 놀러 온 친구들만 상대했을 뿐 그저 학교와 집만 왔다 갔다 했으며,
또래 친척들 하고만 어울렸다. 사교성 제로라는 말이 딱 맞을 것이다.
대학에 가서도 같은 반 남학생들하고는 그런대로 어울렸으나 여학생들한테는 거의 말을 걸지 않았다.

그렇다고 하더라도 내 나이 스물.
어찌 이성에 대한 생각에서 마냥 초연할 수 있었겠는가?
사귀고 싶은 여학생이 있었다.
같은 반은 아니었으나 서클활동을 같이 했고,
교생실습을 같이 받게 되어 이런저런 이야기를 나눌 기회가 꽤 있었다.
그때까지 살아오면서 가장 많은 대화를 해 보았던 이성이었다.
그래서였을까? 내심 그 여학생을 무척이나 생각하며 대학시절을 보냈었다.
그러나 좋아한다는 표현 한 번 못해보고 졸업했다.
졸업한 해 가을.
가로수 단풍이 아름답게 물든 거리에서 우연히 그 사람을 보았다.
저만치 걸어가는 모습을 말없이 바라보는 것이 고작이었다.

그리고 만든 노래가 〈그리움〉이다.
그 사람이야 내 마음을 알 턱이 없었겠지만, 알고 지내는 여자 하나 없던 나는
이성이 그리울 때마다 그 사람 모습을 떠올리곤 했었다.
그 사람 이름? 당연히 밝힐 수 없다.

교훈

103.0×77.0㎝

杜鵑花

雪盡野上　來東風
葉未山中　然粉紅
抱意一枝　思去人
棄志歸路　忘故夢

두견화

김홍균 작사
김홍균 작곡

눈 녹－은 벌 판 위 로 봄 바 람 불 어 오 면 －

잎 아 니 난 산－중 에 분 홍 빛 타 오 른 다 －

가 신 임 생－각 에 － 꺾 어 안 은 꽃 －

옛 꿈－을 잊－으려 버 리 고 오 노 라 －

도시락 까먹는 소리 27

서예가 담헌 전명옥(湛軒 全明玉) 선생은 내 마음 속의 한국 서예계 제1인자이다.
대한민국 서예대전 심사위원장과 한국서예협회 이사장 등등을 역임한 화려한 경력도 경력이려니와,
지금도 쉬지 않고 작품 활동에 정진하는 한편 '현대서예'라는 새로운 영역을 개척해 가는 열정을 보면
가히 1인자로서 손색이 없는 실력과 자세를 갖추고 있음을 알 수 있다.
대쪽 같은 성품의 소유자이며 젊은 시절부터 뚜렷한 예술관을 지니고 있었다.
노년에 접어든 지금까지도 그러한 마음가짐이 조금도 흔들림 없는 그를 바라보는 것은
크나큰 즐거움이며 그와 함께 이야기 나눌 수 있는 친구라는 사실이 자랑스럽다.

그 담헌 선생에게 내가 쓴 교훈석 글씨를 보여 주었더니 "잘 썼네." 하고 격려해 준다.
그의 말이 진심인 것을 나는 안다.
또한 서예로서 내 글씨를 평한 것이 아니라 디자인적인 관점으로 말해 준 것도 잘 안다.

서울소의초등학교에서 근무할 때의 일이다.
동창회 대표라는 사람들이 찾아와 교훈석을 만들어 주겠다고 했는데 어찌하다 보니
내가 그 글씨를 쓰게 되었다.
서예공부를 한 적은 없다.
다만 교직생활을 해 오면서 수십 년간 학교의 환경정리를 도맡아 하다 보니
이런 저런 글씨체를 익히게 되었다.
그리고 나만의 독특한 글씨체도 만들게 되었다.
수채화 붓에 포스터컬러 물감을 묻혀 그 글씨체로 써 보았다.

고등학교 때 한문시간에 배운 한시들이 참 좋아서 나도 한시를 한 수 만들어 보았다.
몇 년을 다듬어서 그런대로 운자 정도 겨우 맞추어 놓았다.
서예도 그렇고 한시도 그렇다. 이것들을 언제 또 해 보겠는가?
평생에 한 번밖에 하지 않을 것들이어서 이것들을 한데 묶었다.

장미4

24.2×33.4㎝ 캔버스에 유채

유리구슬

깨질 것 같아
차마
손대지 못한
시리도록 투명한
물속에 잠긴
그대 모습

가을

김홍균 작사
김홍균 작곡

높 푸 른 하늘에 고 추 잠 자 리 날면 코 스 모 스 들 국 화
넓 다 란 들판에 벼 - 이 삭 춤 추 면 붉 어 지 는 또 래 감

향 기 를 싣 고 서 산 들 바 람 타 고 가 을 이 찾 아 온 대 요
활 짝 웃 는 박 꽃 초 가 집 울 안 에 가 을 이 익 어 간 대 요

도시락 까먹는 소리 28

그런 경험들 없을까?

망설이고 망설이다가 사라져버린 것들에 대한 아쉬움.

그 아쉬움은 세월이 아무리 흘러도 잊혀지지 않는다.

어느 순간 문득 문득 후회스러운 추억으로 가슴을 적시곤 한다.

그때 망설이지 말고 좀 더 적극적으로 다가설 것을……!

부질없는 상상인 줄 알면서도 자꾸만 되새김질하곤 한다.

후회를 넘어 회한으로 남는 것은 부모님에 대한 불효일 것이다.

나 살기 바빠서—이 얼마나 말도 안 되는 핑계인가?—이리 저리 미루다 혹은 아예 생각지도 못해서

해드리지 못한 일들이 모두 회한으로 남아 버렸다.

망설이다 회한으로 남아버린 그러한 일…….

큰어머니께서는 자식이 없어 어린 나를 자식처럼 키워주셨다.

아버지 없이 자란 나를 어머니께서는 엄격하게 가르쳤으나 상대적으로 큰어머니께서는

한없이 자애로우셨다.

온갖 투정과 말도 안 되는 억지를, 따뜻한 미소를 잃지 않으시면서 다 받아주셨다.

내가 "큰어머니." 하고 부를 양이면 큰어머니께서는 늘 이렇게 말씀하셨다.

"어머니라고 한 번 불러 보렴."

그 말씀 속에 녹아 있는 간절한 바람을 왜 그땐 느끼지 못했을까?

'어머니라고 불러야 하나?'

어린 마음에 망설여지기도 했지만, 그러나 결국 한 번도 어머니라고 부르지 않았다.

큰어머니께서 돌아가시자 그 말씀이 가슴에 걸렸다.

그 분의 무덤 앞에서 나는 "어머니, 어머니." 하고 울었다.

부질없는 일이었다.

141

詩

圖

소연이
45.5×53.0㎝ 캔버스에 유채

착희

왜 언니만
이름이 두 개냐고 시샘을 내서
착하게 살라고
착희란 이름을 하나 더 지어주었지.

욕심만큼이나 강한 의지로
마음속 꿈들을
하나씩 이루어가는 소연이는

하늘만큼 높은 이상을 안고
스카이다이빙을 했겠지.
심연만큼 깊은 성찰을 새기며
스쿠버다이빙을 했겠지.

심연에서 창공까지
온 세상을 그렇게 가슴에 품어
소망의 탑을
하나씩
하나씩
쌓아 올리겠지.

착하고 바르게
씩씩하고 강인하게
멋진 세상을
만들어가며 살겠지.

스카이다이빙

김홍균 작사
김홍균 작곡

저 높고푸른 하늘에 몸을 던진다 스카이 다이빙!

나의 발아래 끝없이펼쳐진 아름다운세상

이 넓고푸른 창공을 가로 지른다 스카이 다이빙!

바람을뚫고 두팔을벌려 세상을안는다

아 피-끓는 가슴속의 푸른 꿈이여 소망이여

태양처럼빛나는 우리들의삶이여

보다 높게 보다 멀리 빠르게 힘차게 거침없이

새 희-망을 향해 나는 힘찬 날개짓 스카이 다이빙!

도시락 까먹는 소리 29

고등학교에 진학한 작은아이가 "아빠, 저 체육을 전공하면 어떨까요?" 하고 물었다.
작은 키에 마른 몸매―어딜 봐서 체육을 전공할 수 있을까 싶어 "너 체력장 등급이 얼마나 나오는데?" 하고
약간 어이없어 하는 표정으로 되물었더니 "선생님께서 말씀하셨는데 우리학교 남녀 통틀어 특급이 나오는
사람은 저 혼자뿐이래요." 하는 게 아닌가?
정말 뜻밖이었다.

그 정도라면 당연히 체육을 전공해야지.
언니 따라 중학교 때부터 학원에서 일하면서 무료로 강의를 들어 왔던, 그리고 언니와 마찬가지로
고 3 때에도 방청소와 빨래를 스스로 했던, 언니만큼 착한 둘째 딸이었다.
체대에 진학하려면 어쩔 수 없이 과외가 필요했다.
2년 남짓 준비하여 체대에 진학했다.

둘째 아이는 신나게 사는 것 같다.
전공이 체육인지라 유도, 골프, 스쿠버다이빙 강사 등등 10여 종류의 자격증이 있다는데,
그런 자격증을 따는 과정 자체가 생활이요, 즐거움이었을 것 같다.
언니가 다녀 온 호주에 가서는 테솔(tesol) 자격증을 따 왔다.
호주에 있을 때 가장 즐거웠던 일이 무엇이냐고 물었더니 "스카이다이빙"이란다.
그래, 인생 참 즐겁구나.

욕심도 많다.
언니는 재능이 참 많은데 자기는 체육 한 가지밖에 없다나?
그러면서 언니 소개로 아카펠라 활동도 따라 한다.
언니만큼 적극적으로 사는 모습이 마찬가지로 보기 좋다.

도
시
락

추억
24.1×31.0㎝ 종이에 펜

옛 길

옛날에 걷던 길을 다시 걸으면
발자국마다에 추억이 묻어 나와
겹겹이 쌓인 망각의 먼지를
떨어낸다.

지금
이루어지지 않은 내일을 꿈꾸듯
그 날엔 어쩌면
오늘을 꿈꾸었으리라.

꿈으로 보던 오늘에 서서
꿈이 되어버린 옛날을 보면
내 추억은
키가 부러진 조그만 배를 타고
운명의 조류를 따라
오늘로 표류하고 있었다.

끝없이 내리는 세월의 먼지는
기억의 발자국 위에 쌓여만 가고
나는
알 수 없는 내일로 향한 길을 따라
꿈에서 꿈으로 이어지는
오늘을 걷는다.

금빛 노을

김흥균 작사
김흥균 작곡

붉은해 서산을 넘어서가고 황금빛 노을이 물들어오면

아련히 떠오는 정다운얼굴 아 – 그 리운내 친구 야

두 손을 마주잡고 뛰 –놀던그 시절은 가고없어도

추억이 물들은 금빛노을에 잃어 진 옛날을 찾는 다

도시락 까먹는 소리 30

어머니께서는 내가 그림을 잘 그린다는 사실을 대단히 탐탁지 않게 여기셨다.

이른바 '환쟁이'는 가난하다는 선입견을 가지고 계셨던 것 같다.

선비의 이미지가 있는 교직에 대해서는 호의적이었는데 교사가 된 나는 그런 면에서 효도를 한 셈이다.

고등학교 시절 구멍가게에 딸린 단칸방에서 어머니와 단 둘이 생활했다.

물건 몇 개 없는 구멍가게인지라 저녁이면 일찍 문을 닫고 어머니께서는 저녁을 지으셨다.

그리고 설거지가 끝나면 고단한 하루를 베고 일찍 주무시곤 했다.

나는 방 한쪽에서 밥상을 책상 삼아 공부하다가—어쩌면 하는 척하다가—어머니께서 주무시면 일기장을 꺼내 일기를 썼다.

사실은 일기를 쓰는 것이 아니라 그림을 그렸다.

일기야 몇 줄 쓰면 되는 것. 남은 여백에 만화그림을 줄기차게 그렸다.

하얀 백지 위에 머릿속에 들어 있는 모습들을 재현해 내는 작업은 정말로 즐거웠다.

어머니께서는 내가 밤늦도록 공부하는 줄로만 아셨을 것이다.

어쩌다 영화라도 한 편 보게 되면 그 주인공들을 열심히 그려 보았다.

신문광고에 실린 주인공들의 얼굴을 보고 그리기도 했고 광고그림이 없을 때에는 그냥 영화 속 장면을 생각하면서 그리기도 했다.

연필 스케치 없이 볼펜으로 막 그리곤 했는데 지금 보아도 묘사력이 괜찮아 보이며 선의 흐름도 제법 힘 있고 자유스럽게 느껴진다.

그 시절 그림을 그리고자 했던 욕망이 좀 더 강해서, 어머니의 걱정이나 경제적인 여건을 무시한 채 그림 쪽으로 밀고 나가 꾸준히 노력했더라면 사회적 성공 여부를 떠나 정말 그림을 잘 그리는 사람이 되었을 것 같다. 후회하는 말은 아니다.

그렇게 그림을 그렸던 그 시절 그 시간들이 얼마나 행복했던지.

흔적
116.5×90.5㎝ 캔버스에 유채

2012. 4
Kim Hong Gyun

화석

다 가질 수 있다면
완벽한 사랑일진대

마음만이라도 얻을 수 있다면
얼마나 소중한 사랑일진대

아아,
애처로운 이 마음 알아주기만 한다면
애잔하게 아름다운 사랑일진대

침묵의 바위
옆구리에
낙인으로 굳어버린
한없는 기다림의 흔적,
그 처연한 사랑.

망각 유감

김병렬 시
김홍균 작곡

그 리 웁 다 하 였 거 든 하 늘 을 우 러 러 보 라 —

잊 을 수 없 다 하 였 거 든 구 름 한 점 흘 러 내 리 는 —

강 물 을 바 라 보 라 백 년 도 한 순 간 석 류 꽃 진 자 리 에 참 았 던 그 리 움

알 알 이 열 리 는 것 도 — 그 리 움 도 아 쉬 움 도

결 코 목 메 이 지 말 자 엊 저 녁 추 적 추 적 내 리 던 비

아 침 나 절 파 랗 게 열 리 는 하 늘 도 슬 픔 도 그 리 움 도 그 건 누 구 도

묶 어 놓 을 수 없 는 그 림 자 인 것 을 다 만 사 랑 은 나 보 다 앞 서 가 고

나 보 다 늦 게 떠 나 는 그 림 자 인 것 을 —

도시락 까먹는 소리 31

바쁜 삶 속에서 우리는 많은 것을 잊고 살아간다.

쉴 새 없이 밀려드는 새로운 정보들을 받아들이느라 지나가버린 것들 또한 그만큼 빨리 잊어버리면서

살아가는 것은 아닌지 모르겠다.

아픈 상처, 슬픈 과거는 빨리 잊어야 할 것이다.

그러나 우리의 삶을 아름답게 꾸며주는 소중한 가치들은 잊어버리는 것은 슬픈 일이다.

어렸을 적 우리들의 마음은 얼마나 깨끗했는가?

우리들의 꿈은 얼마나 아름다웠는가?

나는 그 마음을, 그 꿈을 어찌하여 잊어버리고 사는가?

"어른들은 누구나 처음엔 어린이였다. 그러나 그것을 기억하는 어른들은 별로 없다."

"'창턱에는 제라늄 화분이 있고 지붕에는 비둘기가 있는 분홍빛의 벽돌집을 보았어요.'라고 말하면 어른들은 그 집이 어떤 집인지 상상하지 못한다. 그들에게는 '십만 프랑짜리 집을 보았어요.'라고 말해야만 한다. 그러면 그들은 '그거 정말 좋은 집이구나!'하고 소리치는 것이다."

— 생텍쥐페리(Saint-Exupery)의 《어린 왕자》 중에서.

동심을 잃는다는 것은 순수함을 잃는다는 것.

어쩌면 나는 동심을 망각해버린 것이 아니라 버린 것일지도 모른다.

어른이 되면서 각박한 세상 풍파에 직면하다 보면 현실에 전혀 도움이 되지 않는 동심 따위야

거들떠 볼 마음의 여유가 없어 저만치에 버려버린 것은 아닐까?

어느 날 문득 무슨 이유에선가 어릴 적 그 시절이 생각날 때 눈가에 이슬이 맺히는 걸 보면

아주 잊어버린 것은 아니지 싶기도 하다.

그런 눈물은 잊지 않고 살아가고 싶다.

암 - 마음

40.9×31.8㎝ 캔버스에 유채

마음

저 바닷물
한 그릇만 가지려면
그릇 하나 있어야겠네.

저 바닷물
한 가마니만큼 가지려면
가마니만한 그릇 있어야겠네.

산만큼 가지고 싶어
그만큼 큰 그릇이 있다면
바닷물 담아 어디에 둘까?

내 마음
바다만큼 큰 그릇이라면
바닷물
그대로 두어도 내 것이라네.

마음이 어린 後ㅣ니

서경덕 시
김홍균 작곡

마 음 이 어 린 후 이 니

하 는 일 이 다 어 리 다

만 — 중 운 — 산 에

어 — 느 님 — 오 리 마 는

지 는 잎 부 는 바 람 에

행 여 그 인 가 하 노 — 라

도시락 까먹는 소리 32

화담 서경덕(花潭 徐敬德) 선생을 나는 참 좋아한다.

그의 일생을 잘 알지는 못하지만, 누구나 다 아는 황진이와의 일화 그리고 그의 시조 한 수에 그에 대한 경외심과 함께 인간적인 호감을 갖게 되었다.

황진이를 사랑하면서도 육체적 유혹을 이겨내는 도학자의 고고한 품성과, 그 고고함 속에서도 인간의 마음을 솔직히 드러내는 순수함이 나는 무척이나 좋다.

인간의 마음은 얼마나 불안한가? 얼마나 제멋대로인가? 얼마나 이기적인가?

마음을 다스리는 것이 정신의 수양일진대, 일반적으로 우리들은 잘못인 줄 알면서도 흔들리는 마음을 다 잡지 못하고 그저 마음이 움직이는 대로 자신의 생각을 합리화하면서, 눈앞의 이익만을 챙기기에 급급하지 않은가? 그러면서도 그렇지 않은 척 위장하면서 사는 사람들이 얼마나 많은가? 나도 그렇다는 말이다.

"생각은 흔히 심정에 속는다."

"우리는 다른 사람에게 나 자신을 위장하는 것에 너무 익숙해져서 결국 자기 자신에게까지 위장하게 된다."

―라 로슈푸코(La Rochefoucauld)

황진이가 그를 송도삼절(松都三絶)로 추앙했을 때 어쩌면 "나는 여색에 대해 마음의 흔들림이 전혀 없다."는 식의 태도를 견지할 수도 있었을 것이다. 모든 사람들도 그렇게 믿었을 것이다.

그러나 그는 "마음이 어린 후이니 하는 일이 다 어리다."고, 지는 잎 부는 바람에도 혹시나 황진이가 오는 것이 아닐까 하고 기다려진다고, 흔들리는 마음을 그대로 드러내고 있다.

마음이 흔들린다고 해서 그의 고고한 품성이 어찌 훼손되겠는가?

흔들리는 마음을 그대로 드러냄으로써 그 인간적인 순수함이 그의 높은 인격을 오히려 보석처럼 빛나게 하는 것을!

상념

23.2×17.2㎝ 종이에 펜

어느 오후

맨 방바닥에 널부러지듯 누웠다.
고개는 젖혀지고 입은 헤벌어져
그 사이로 긴 한숨과 함께
일상의 복잡한 상념들이 빠져나가고
텅 빈 머릿속이 여유롭다.
요만한 방 한 칸 마련하지 못해
어금니 깨물던 그때
지금도 참 많으리라, 어금니 깨무는 사람들
그 사람들의 아픔이
내 마음 속에 행복으로 와 닿는
모처럼 한가한 일요일 오후.
생각은 또 혼자 먼 옛날로 찾아가
창 밖에 옥수수잎 부딪는 소리
툇마루에 뒹굴던 그 소년의 꿈은
이루어졌을까?
아파트 창 너머로 보이는 파란 하늘
이것이었을까?
아내는 주방에서 수박을 썰고 있다.

겨울새.38, 37

윤삼현 시
김홍균 작곡

소곤 소곤 산 너머 날아간다새 두마 리

두 줄로 쓰여진 기 – 인 – – – 시

머 – 리 위 – 에선 점점이 깨 – 알별 발 아래마을에선 군데군데초 – 롱별

깜박 깜박 호 수 를꿈 – 꾸며 밤 길 저어간 다

도시락 까먹는 소리 33

하루를 살아가는데 일이 없는 한가한 시간에는 온갖 잡념들이 몰려든다.

온갖 자질구레한 일들에서부터 괜한 걱정거리까지 머릿속이 시끌시끌하다.

일하는 도중에도 상념(잡념)이 머릿속을 파고들 때가 많다.

특히 길을 걸을 때 나는 고개를 숙인 채 발끝만 보고 걷는다.

발은 늘 걷던 길을 스스로 알아서 걸어가고 머리는 이런 저런 생각을 하느라 주위를 전혀 살피지 않는다.

그래서 그럴까?

나름 기억력이 좋기로 주위에 소문까지 난 나지만 사람 얼굴과 길은 여간해서는 기억하지 못한다.

오다가다 만나는 어떤 사람이 아는 체를 할 때면 같이 반갑게 인사를 하지만 속으로는 '저 사람이 누굴까?' 하는 경우가 많다. 분명히 만난 적이 있는 얼굴인데 이름과 얼굴이 연결되지 않는 것이다.

길은 더 모른다. 딱 길치이다.

결혼하고 나서 다섯 번째 처가에 가는 길에 아내에게 이렇게 말했다.

"이젠 혼자서도 찾아 올 수 있을 것 같아."

처가는 20년 넘게 살아 온 광주에, 내가 살아왔던 동네와 그리 멀지 않은 곳에 있었다.

서울에 올라와 단독주택 반지하에 세 들어 살 때의 일이다.

퇴근 후 버스에 내려 집으로 가는데 누가 뒤에서 부른다.

돌아보니 빗자루를 든 아내가 서 있었다.

마당을 쓰는데 담장 너머로 내 머리 모습이 보이더란다.

대문으로 들어오기를 기다리는데 시간이 지나도 들어오지 않아 나와 봤더니 대문을 지나쳐 저만치 걸어가고 있더라는 것이다.

어째, 그날따라 스스로 잘 걷던 발이 잠깐 정신을 놓은 것일까?

사실은 그렇게 대문을 지나친 적이 몇 번 더 있었다.

누드2

72.7×60.4㎝ 캔버스에 유채

부부싸움

서운해 하지 마라
남이라면 못 본 척 지나칠 일도
부부니까 핀잔으로 관심을 나타내는 것이다.

마음에 담아두지 마라
남이라면 대범한 척 웃어넘길 일도
부부니까 큰 소리로 좁은 속 다 드러내는 것이다.

부부니까
그렇게
사랑이라는 칼로 정이라는 물을 베는 것이다.

흑매화

이상렬 시
김홍균 작곡

구 레 구 역 뱃 길 섬 진 강 에 청 둥 오 리 몇 식 구 수 면 위 로

은 어 처 럼 뛰 어 오 르 는 이 른 – 봄 햇 살 과 멱 을 감 고 있 는 다 리 건 너

165

樂

식당옆 허름한 길섶 폐타이어 깨 진 유리조각 주 인 잃-은

망 가진개점위에 서 지나가는이에게 눈길하나

주지않고하늘향해 활짝피어 봄 날을밝히며 황홀한

향　　　취하게 하는 흑매화는 누구

의 부름에 우주의 축복 속으로 나를

품　는　지 세상천지가 꿈빛인데 꽃밭에서만

꽃 을 기 다 리 는 나 의바 람 이 아 직 도틀렸음을 여실-히 여실

히 보 여 주 고 있 다 -

도시락 까먹는 소리 34

"남자는 필요한 1,000원짜리 물건을 2,000원에 사고, 여자는 필요 없는 2,000원짜리 물건을 1,000원에 산다."

남녀의 생각 차이를 드러낸 이 말에 나는 공감한다.

이렇게 본질부터 다른 남녀의 생각 차이는 부부라고 해서 다를 바 없을 것이다.

부부니까 서로의 생각 차이를 좁힐 수 있을 것이라는 생각은 오산일 확률이 높다.

부부는 부부이기 이전에 남녀이고, 남녀는 생각의 출발점부터 위의 글만큼이나 차이가 나기 때문이다.

글쎄, 남녀의 생각 차이를 과연 좁힐 수 있을까?

많은 부부들이 이러한 남녀의 생각 차이를 고려하지 않고, 오히려 부부니까 내 속을 다 알아주려니 하고 자기 생각만을 강하게 주장하면서 부부싸움이라는 것을 하게 된다.

오래 살아본 경험에서 얻은 결론이다.

부부

아내는 / 걸핏하면 나더러 / 답답해서 못살겠다고 / 핀잔을 준다. // 어쩌면 그렇게도 / 내가 하고 싶은 말을 / 꼭 집어넣을까?

서로가 답답하단다. 서로 다름을 인정하지 않기 때문일 것이다. 내 주장이 옳다고 해서 다른 사람의 주장은 틀리다고? 틀리지 않고 다를 수 있다.

그럼에도 부부라는 이유로 내 속을 몰라주는 것 같아 속이 상한다.

부부라서 내 속을 알아줘야 한다고? 그런 당사자는 상대의 맘을 알아주나?

내 속을 나만큼 알아주는 사람은 세상에 딱 한 사람—바로 나 자신이 있을 뿐이다.

부부 2

부모가 다르다고 / 남이 아닌 것을 // 살 섞고 산다고 / 내가 아닌 것을

남도 아니요 그렇다고 해서 나도 아닌 부부는, 그래도 부부여서 싸우면서도 미워하지 못하고 살아가는 것이다. 정으로, 사랑으로.

숲 - 겨울

53.0×45.5cm 캔버스에 유채

새벽 눈

밤새
바람 한 점 없었나보다

나뭇가지며 지붕이며
마르티스 솜털 같은
막 타 놓은 햇솜 같은
가루눈 소복하다

누군가 바쁜 걸음으로 찍어
떡살 무늬 듬성듬성한
인도와
차들이 밤새워 다려서
풀 먹인 옥양목 펼쳐 놓은
아스팔트까지

이 하얀 새벽
잠시만
그대로 두고 싶다

눈 내리면

김홍균 작사
김홍균 작곡

눈 내―리면 하 얀―세 상

눈 덮―이면 맑 은―세 상

172
樂

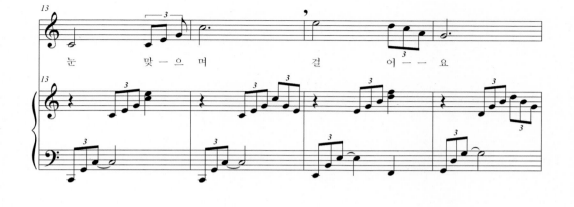

눈 맞—으며   걸   어——요

이   세——상   끝   까——지   차 거

운   바 람 에   움 츠 리   지 말 아 요   거 치

른　　　언 덕 길　웃 으 면　서 넘 이 요　험 一

한　　세 一 상　마 음 으　로 살 아 요　오 늘

의　어 려 움　괴 로 움　모 두 다

눈 속——에 묻 어——두 고

너 와——나 손 잡——고

둘 이——서 걸 어——요

이　　　세ー상　　　　끝　　까ー지

보증 설 일 아니다.

이 사실을 알고 있으면서도 어쩔 수 없이 보증을 서주고 나중에 결국 낭패를 당하는 경우를 주위에서 종종 보곤 한다.

나도 그랬다.

젊은 시절에 동료 교사의 보증을 서주고 그 부담을 고스란히 떠안았다.

시집 온 지 얼마 되지 않은 아내가 그 사실을 알고는 "결혼 전의 일이니 문제 삼지 않겠다. 그 대신 다음부터는 절대 보증을 서지 말라."고 선선히 말했을 때 그녀의 배려가 얼마나 고마웠는지 모른다.

다음날 농협에 가서 내가 부담해야 할 금액 전부를 월급에서 공제하도록 했다.

그로 인하여 수개월간 단 한 푼의 봉급도 아내에게 가져다주지 못했다.

연말.

아내에게 미안한 마음이 더욱 커졌다.

아내를 알고 난 후 연말이라 해서 무슨 선물 같은 것을 주어 본 적도 없지만,

봉급 한 푼 가져다주지 못한 상황에서 한 해를 그냥 넘기자니 마음에 무언가가 자꾸 걸렸다.

그래서 노래를 만들었다.

〈눈 내리면〉

꼭 그래서 이런 제목의 노래를 만든 것은 아니지만, 당시 살았던 서해 바닷가 영광 염산은 정말로 눈이 많이 내리는 고장이었다.

겨울이면 눈이 무릎까지 쌓이는 일이 흔했다.

집에 와서 조금은 쑥스러운 마음으로 악보를 내밀며 "이거 봉급 대신이야."라고 말했을 때 아내는 생긋 웃어 주었다.

그리고 피아노 앞에 앉아서 같이 노래를 불렀다.

피아노는 유치원 교사였던 아내의 재산 목록 제1호이다.

단칸방에 살 때에도 피아노는 한 자리를 꼭꼭 차지했다.

피아노 교습으로 아내는 생활비를 벌었다.

노랫말처럼 아내는 거친 언덕길을 웃으면서 넘어 주었다.

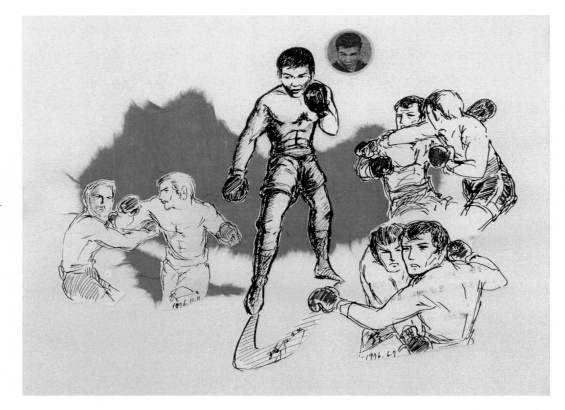

챔피언

29.0×21.9㎝ 종이에 펜

챔피언

그는 말했다.
승리보다 값진 것은 도전이라고

번개처럼 빠르게
아니, 황소처럼 우직하게
폭풍처럼 강렬하게
아니, 바위처럼 고요하게

아니, 아니 차라리
비상을 꿈꾸며 꼭대기를 향하는
무당벌레의 망설임 없는 발길처럼
그렇게 꿈을 향하여 내딛는 그 발길이
꿈보다 더 아름답다는 것을

그렇게 불사르는 투혼이
이미 승리의 월계관이라는 것을
1982년 11월 13일
사각의 링에서,
예고 없이 닥쳐온 죽음 앞에서
복서 김득구는 온몸으로 말했다.

챔피언

김홍균 작사
김홍균 작곡

달 리 자 우 리 들 의 꿈 을 향 하 여

쉼 없 이 거 침 없 이 달 려 나 가 자

오 늘 흘 리 는 땀 방 울 로 내 일 의 꽃 을 피 우 자

찬 란 한 미 래 를 꿈 꾸 면 서 두 려 움 없 이 망 설 임 없 이

험 난 한 가 시 밭 길 헤 처 나 가 는

그 대 는 이 미 승 리 자 챔 피 언

도시락 까먹는 소리 36

권투가 우리나라 사람들에게 인기 높은 스포츠였던 시절이 있었다.

우리나라 최초의 세계 챔피언 김기수를 필두로 하여 참 많은 세계 챔피언들이 나타나 국민들을 열광시켰다.

헝그리 스포츠(hungry sports)라고 하는 권투는, 그 가난했던 시절 국민들에게 통쾌함과 더불어 하면 된다는 희망을 갖게 해주는 그런 운동이었다.

TV에서는 정기적으로 권투 중계방송을 해 주었는데, 그 프로를 보기 위해 나는 TV가 있는 친척집에 가서 그 프로만큼은 꼭꼭 챙겨 보았다.

그리고 집에 와서는 그날의 경기 중 인상에 남는 장면을 일기장에 그려 넣었다.

1974년 홍수환이 남아프리카공화국에 원정을 가서 아놀드 테일러를 꺾고 챔피언이 되었을 때, 1976년 유재두가 일본 원정 경기에서 와지마 코이치를 KO로 눕히고 챔피언이 되었을 때 그렸던 그림들인데 지금 보아도 그날의 감격이 되살아난다.

1982년 김득구는 맨시니와의 세계타이틀전 시합 도중 쓰러져 사망한다.

전 세계적으로 큰 충격을 준 그 사건으로 말미암아 세계타이틀전이 15라운드에서 12라운드로 축소되었으며, 우리나라에서는 권투에 대한 인기가 급격히 줄어들게 되었고 따라서 챔피언을 배출하는 경우도 아주 드물게 되었다.

김득구의 시합을 중계방송으로 보면서 그가 쓰러져 일어나지 못했을 때 참 많이 울었었다.

개선가를 불러주고 싶은 사나이!

최선을 다하는 도전이 얼마나 아름다운가를 절절히 보여준 사나이!

그 후로 나는 삶의 모습에서 성공 여부보다 꿈을 향하여 나아가는 과정이 더 소중하다는 생각을 갖게 되었다.

그렇게 그는 내 마음속에서 멋있는 챔피언이었다.

장미5

24.2×33.4㎝ 캔버스에 유채

안타까움

다 주고 싶은데
줄 것이라곤
마음뿐

마음이 다라고
말하겠지만
주는 이의 마음은
안타까울 뿐

나는 사랑에 익숙지 못해서

허형만 시
김홍균 작곡

나 -

는 - 사 - 랑 에 익 - 숙 지 못 해 서 길 -

고 - 푸른 길 을 오 르 - 내 리 네 햇 -

살 —한줌에 도 눈—이 —아리고 바람

만 —닿—아도 가—슴 이아려 때로

는 —회창회창 흔—들 —리지만 나—

는 　―사―랑에　　익―숙　　지못해서　　오늘

도　―적막강 산　　마―른　―입술로　　길―

고　―푸른길을　　오―르　―내리네

도시락 까먹는 소리 37

그 형의 어머니는 한없이 자애로우셨다.

여러 자식을 키웠는데 아들이란 것들이 하나같이 불효자였다.

특히 장남인 그 형은 변변한 일자리 하나 구하지 못한 채 평생을 부모 밑에서 밥 얻어먹고 살았다.

결혼도 했으나 얼마 지나지 않아 아내가 도망가버렸다.

그래도 그 어머니께서 자식들에게 짜증내는 것을 본 일이 없다.

아주 가까운 친척이어서 시골에서 근무하는 내가 광주에 한 번씩 들리러 갈 때면 찾아뵙곤 했는데

그때마다 그 형은 아무것도 하는 일이 없이 어머니와 함께 늙어가고 있었다.

나는 마음속으로 그 형을 비난했다.

"저렇게 살 바에야 차라리 그냥 죽어버리지."

어느덧 그 형의 나이 70이 다 되었다.

그 어머니께서는 90이 훌쩍 넘어 노환으로 자리에 누워버렸다.

서울로 근무지를 옮긴 나는 광주에 내려갈 일이 있을 때 그 분을 찾아뵈었다.

마를 대로 마른 그 분은 방 한 칸을 따로 차지한 채 자리에 누워계셨는데 그렇게 예뻐해 주시던 나를

알아보지 못할 정도로 쇠약해져 있었다.

이렇게 자리하고 누우신 지 벌써 4년째라고 했다.

아내가 무척 놀랍다는 듯이 말했다.

"세상에, 몇 년씩 거동을 못하신 어머니를 얼마나 깨끗하게 수발했으면 방 안에서 냄새가 전혀 나지 않아요!"

그랬다. 환자에게서 나는 냄새는커녕 노인에게서 날 법한 냄새조차도 나지 않았다.

그 분은 깨끗한 옷에 싸여있었다. 어쩌면 선녀 같은 모습이었다.

장병에 효자 없다 했던가?

그러나 몇 년씩 어머니의 대소변을 받아내며 저리도 깨끗하게 수발하는 그 형을

나는 효자라고 부르지 않을 수 없었다.

그 형은 그토록 자애로우셨던 어머니의 마지막을 선녀처럼 만들고자 70년을 준비했을 거라는

생각이 들었다.

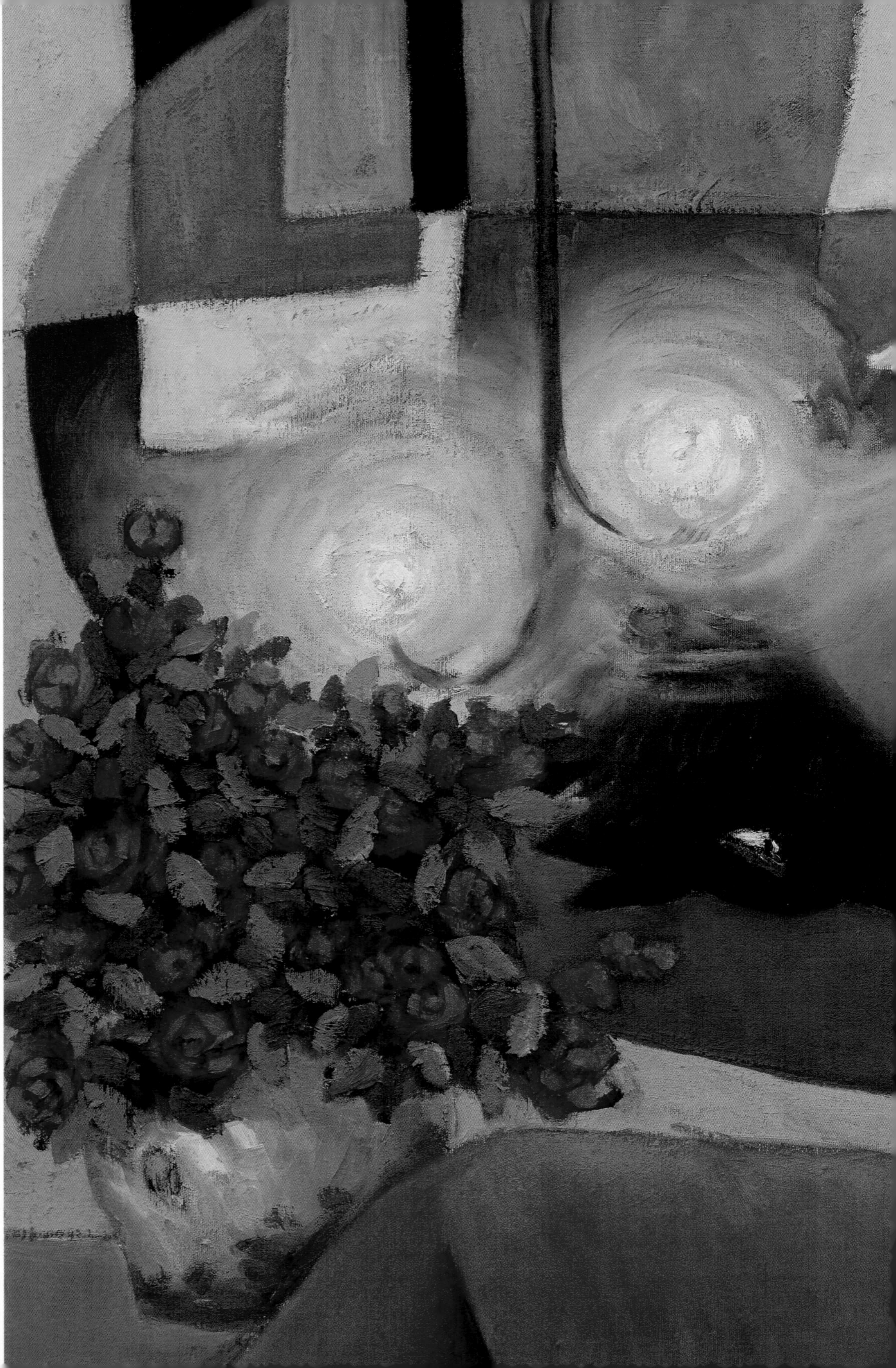

도시의 공간2
90.5×72.5㎝ 캔버스에 유채

언덕에서

보다 높아서 좋다.
탁탁한 삶들이 저만치에 있고
언덕에선
하늘이 좀 더 푸르다.

욕망의 높이만큼 솟아있는 빌딩 숲에서
초가집만한 나의 바람이
불청객마냥 아스팔트 위를 서성이다
지친 걸음걸이로 돌아와
여기 이렇게
맑은 하늘을 우러르고 있는데.

詩

이제 해가 지고
차가운 바람이 가슴을 헤집으면
배고픈 내 육신은
잿빛 어둠을 전깃불로 위장한 도시 속에서
매연에 찌든 고깃덩이에
군침을 흘리고 마는 것을…….

먹어도, 먹어도
채워지지 않을 허기
어쩌면 나는
쓰레기통을 뒤지는
개가 될지도 몰라.
그렇게 살다가 죽어갈지도 몰라.

그러나 언덕은
내일도 또 모레도 이 자리에 있으리니
언젠가, 소망스럽게도
내 육신이 굶어 죽는 날
이곳에 조그만 내 집을 지으리.

가을에

김흥균 작사
김흥균 작곡

맑은 바 람 불어오 는 가 - 을 언 덕 에 고운

잎 새 바라보 며 나 - 는 서 있 네 지난

여 름 그 무 더 위 몰 아 치 던 그 비 바 람 잎 새

에 품 어 잎 새 에 녹 여 저 리 곱 게 물 들 었 네 아

우 리 의 남 은 삶 - 이 저 고 운 나 뭇 잎 처 럼 그

렇 게 아 름 답 - 게 물 들 수 있 다 면 소 리

없 이 낙 엽 지 는 가 - 을 언 덕 에 고 운

노 을 바라보 며 나 - 는 서 있 네

도시락 까먹는 소리 38

섬에 살다가 전근 와서 맨 처음 대하는 서울은 외형적인 복잡함과 함께 화려하게 치장한 향락이
곳곳에서 유혹의 손길을 내미는 그런 모습으로 내게 다가왔다.
독재정권이 권력의 유지를 위해 향락산업을 풀어 주던 그런 시기였다.
곳곳에 스탠드바, 나이트클럽, 카바레 등의 네온사인이 눈부셨다.
살아가면서 점점 그런 분위기에 익숙해졌다.
생각해 보면 어렸을 적 나는 다른 어린이들과 마찬가지로 무척이나 순수했었는데.
투명한 유리구슬 같았었는데…….

시를 써 보자고 마음먹고 나서 맨 처음 적어본 시가 〈언덕에서〉이다.
이상과 현실의 괴리를 극복하고자 애쓰는 모습을 그려보고 싶었는데 시란 것이 마음만 먹는다고
금방 써지는 것이 아니어서 이 시만 가지고 퇴고하기를 여러 번. 나중에는 다른 시를 써 가면서
이 시는 고치고 또 고치고 했었다.
결국엔 시가 마음에 들어서라기보다 더 이상 퇴고할 여력이 없어서 그대로 두었다.
서울에 와서 살다보니 내 모습이 영락없이 이 시를 닮은 것 같기도 하다.
투명한 유리구슬은 금이 가고 먼지가 묻어 거칠어져 버렸다.
순수한 모습들을 많이 잃어버린 채 그렇게 나이만 먹어 버렸다.

그래도, 누구나 다 그러할 것이지만, 나의 남은 생은 곱게 채색하고 싶다.
가을에 곱게 물드는 나뭇잎처럼.
떨어질 날 얼마 남지 않았어도 아름다움을 잃지 않는 저 나뭇잎처럼…….

미스 고

14.0×17.5㎝ 종이에 펜

동묘장터

사람 사는 모습이 보고 싶거든 어느 날 오후에 동묘장터에 와 보시라.

좁은 아스팔트 도로 양쪽 곳곳에,
쌓아 놓은 진작에 버려졌을 물건들,
만큼 낡아빠진 사람들,
끼리 이리 기웃 저리 기웃,
거리며 없는 것이 없는 온갖 만물,
볼 것은 엄청 많아도 살 것은 없는지,
뒤척이기도 하는데 흥정을 하는지,
구경만 하는지 파는 사람 목소리만,
높아 바글거리는 그 틈바구니로 차들과,
오토바이는 참 잘도 헤집고 다니는,
서울특별시 종로구 숭인2동 242번지,
서울숭신초등학교 교문 앞 아동 보호 구역,
표지가 선명한 동묘장터에

비 오는 날엔 오지 마시라, 사람도 물건도 없으니.

겨울새.51

윤삼현 시
김홍균 작곡

하 늘이랑 호 수랑 늘 -가-까 이

지 -내 는 이 유가 이 유가있 더 라

호수 가심심하다 싶을땐 하늘 이새들 을 내려보내고

하늘 이쓸쓸하다 싶으면 호수 가새들 을 올려보내고 -

하 -늘은 새들을 내 려 보 내 고

호 -수는 새들을 올 -려 보 내 고

도시락 까먹는 소리 39

만화를 놓고 볼 때 해학적인 캐릭터보다 사실적인 캐릭터가 나는 더 마음에 든다.
어느 쪽이든 우열이 있을 수 없고 다만 취향에 따라 구분되는 것이겠지만
나는 어렸을 때부터 사실적인 만화를 그리고 싶었다.
그런데도 가끔 만화를 잡지 등에 연재해 달라는 부탁을 받았을 때에는
해학적인 캐릭터로 만화를 그리곤 했었다.
〈미스 고〉라는 만화는 2001년 교사 만화 연수 때 그려 보았던 작품으로
지하철 입구를 배경으로 '하루'를 묘사해 본 것이다.
주인공 얼굴을 고구마처럼 그려서 붙인 제목이다.
사실적인 캐릭터를 등장시키는 만화를 그릴 예정이지만,
대사 한 마디 없이 동작과 표정으로만 전개해 나가는 이런 식의 만화도 그려보고 싶다.

도
시
락

만화는 작가에게 여러 가지 능력을 요구한다.
이를테면 만화를 영화에 비유해서 설명해 보자.
우선 만화가는 만화 전체를 책임져야 하는 감독이다.
그리고 줄거리를 구상해야 하므로 시나리오 작가이기도 하다.
한 장면 한 장면을 어떻게 구성해 갈 것인지 결정하는 일은 연출가와 다를 바 없다.
등장인물들의 캐릭터를 만드는 일은 배우를 캐스팅하는 일이다.
이러한 조건들이 모두 일정한 수준에 이르지 못하고 그 중 한 가지라도 미흡하다면
그 만화는 독자의 공감을 얻어내기가 힘들 것이다.

참신한 아이디어와 이를 뒷받침할 수 있는 데생 능력 그리고 장면 장면을 긴장감 있게 구성하는
연출능력까지…. 만화를 그리는 작업은 이렇게 어렵다.

'02. 8. Kim Honglyun

동백

31.8×40.9㎝ 캔버스에 유채

동백

바람 스치어도 외롭지 않고
눈발 날리어도 춥지 않다.
붉은 가슴 속
그대 향한 순금빛 찬란한 사랑으로
한 세월 끝끝내
흐트러짐 없는 정갈한 미소
왜 없었겠는가?
그림자 같은 한스러움
조용히 끌어안아
그리하여 마침내
눈물처럼 후두둑 지는 날
땅 위에 누워도 추하지 않고
흙 속에 묻혀도 슬프지 않다.

사랑을 위하여

김홍균 작사
김홍균 작곡

끝 - 없 이 주 - 리 라 마 르 지 않 을 사 랑 일 진 대

그 대 나 - 를 잊 는 다 해 - 도 내

마 음 속 에 사 랑 이 일 - 게 하 였 으 니

이 렇 듯 행 복 한 마 음 으 로 아 -

아 - - - - - 행 - 복 - 한 마 음 으 - 로

그 저 그 - 저 주 기 만 하 리 라

도시락 까먹는 소리 40

동백은 정숙한 여인 같다.
꽃잎은 그렇게 진하도록 붉으면서도 화려하지 않고, 하얀 꽃술 위에 금가루 뿌려 놓은 듯한 노란색도 튀지 않는다. 활짝 핀 꽃송이도 조용하기만 하다.
땅 위에 져서도 흩어지지 않는다. 피었을 때의 모습 그대로 눕는다.
한결같은 삶을 살아 온 정숙한 여인 같다.

한결같은 삶.
세상을 살면서 몸과 마음이 흔들리지 않고, 범부의 생활을 하면서 진리의 길을 버리지 않는 것을
좌선이라 하던데 그러한 삶이 한결같은 삶이 아닐까?
그렇게 살고 싶은가?
말이야 쉽지. 아니 생각이야 할 수 있지.
이 글을 쓰는 순간에도 좌선에의 갈망보다 헛된 망상들이 머릿속을 맴돌고 있는 것을.
당장 날마다 전개되는 생활 속에서 이기적인 욕심을 채우려 발버둥 칠 것을.
실천하지도 못할 것들을 생각만 하는 것은 위선이다.
배워 놓고도 반대로 행동하는 지식은 해악이다.

어느 날 죽음의 문턱 앞에 섰을 때 나는 살아 온 삶을 뒤돌아보며 무슨 생각을 할까?
자신의 삶에 대한 평가는 그때 이루어지겠지.
한결같은 삶이었으면 더없이 좋겠다.
그렇게까지는 아니어도 그런 삶을 살려고 노력했다는 생각이 들면 참 좋겠다.

장미6

24.2×33.4㎝ 캔버스에 유채

아름다운 시

엿저녁 꿈에선가
읊조려보았던
아름다운 시
아침에 일어나
잊어버렸다.

편지

허형만 시
김홍균 작곡

서 리 서 리 감 아 서 숨 겨 둔 그 리 - 움

풀 어 서 다 시 보 니 모 든 게 다

모 든 게 다 내 탓 인 줄 내 탓 인 줄 알 겠 더 라

잘 있 느 냐 사 - 랑 아 아 즐 아 즐 아 즐 하 게

애 돌 아 살 아 온 알 천 같 은 사 랑 아

안 개 에 싸 인 듯 아 슴 - 아 슴 - 한

선 잠 도 풋 잠 도 토 막 잠 도

모 든 게 다 내 탓 인 줄 내 탓 인 줄 알 겠 더 라

도시락 까먹는 소리 41

마음에서 우러나는 글을 쓰고 싶다.

누구나 그런 마음이겠지.

어쩌다 멋진 한 구절이 불현듯 떠오를 때가 있다.

그 구절에 스스로 감격해서 앞뒤로 살을 붙이다보면 이건 아니다 싶은 글로 변해버린다.

열심히 고심하여 소위 퇴고라는 작업을 하는데 하면 할수록 마치 생살을 감추는 짙은 화장을 한

얼굴이 되고 마는 것이다.

퇴고란 세공사가 빛나는 보석을 만들기 위해 원석을 다듬어 가는 그런 작업이어야 할진대

그러나 오히려 문득 떠오른 좋은 구절의 절실함만 깎여나가버린 것 같이 밋밋한 글로 변해버리는 것이다.

나는 투박한 글이 더 좋아 보인다.

노래 만드는 것도 똑같다.

그럴싸한 동기가 생각나 앞뒤로 멜로디를 연결시켜 놓으면 어쩐지 어디선가 들었던 노래처럼 무난한,

그래서 개성이 없어 보이는 곡이 되곤 한다.

나는 튀는 곡이 더 좋아 보인다.

그림을 그리다보면 완성되지 않은 어느 시점에서 그림이 참 좋아 보일 때가 있다.

그때 붓을 놓을 수 있다면 좋으련만 마음은 그러한데 꾸역꾸역 붓질을 계속할 때가 많다.

이만하면 됐다 싶을 정도로 색칠을 해 놓고 보면 그림 역시 단정하게 다듬어져 있다.

나는 거친 그림들이 더 좋아 보인다.

무슨 일을 잘 저지르지 못하고 머뭇거리는 경우가 허다하다.

큰일보다 오히려 작은 일에 더 결정을 쉽게 내리지 못한다.

좋게 말하면 신중하다 할 것이나 한편으로는 갑갑한 성격이 아닐 수 없다.

거침없이 결정하고 행동하는 사람들이 부럽다.

장발시대

29.0×22.9㎝ 종이에 먹, 펜, 연필

먼 훗날

먼 훗날에
나는 살고 있어라

어릴 적 꿈꾸던
그 먼 훗날에
이렇게 살고 있어라

너무나 멀어
나와는 아무 상관도 없을 것 같던
그 늙은 나이로
어느덧 살고 있어라

여전히
마음은 어린 그대로
허황되게
먼 훗날 꿈꾸며 살고 있어라

구름

김홍균 작사
김홍균 작곡

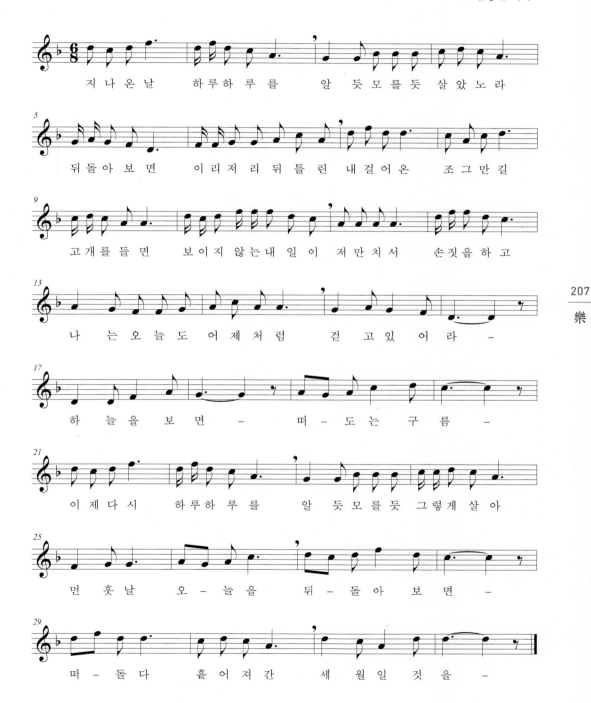

지 나 온 날 하루 하루 를 알 듯 모를 듯 살 았 노 라

뒤 돌 아 보 면 이 리 저 리 뒤 틀 린 내 걸 어 온 조 그 만 길

고 개 를 들 면 보 이 지 않 는 내 일 이 저 만 치 서 손 짓 을 하 고

나 는 오 늘 도 어 제 처 럼 걷 고 있 어 라 –

하 늘 을 보 면 – 떠 – 도 는 구 름 –

이 제 다 시 하 루 하 루 를 알 듯 모 를 듯 그 렇 게 살 아

먼 훗 날 오 – 늘 을 뒤 – 돌 아 보 면 –

떠 – 돌 다 흩 어 져 간 세 월 일 것 을 –

도시락 까먹는 소리 42

이른바 70~80세대들은 장발에 대한 추억이 많을 것이다.
젊었던 그 시절 남자들의 나풀거리는 긴 머리가 왜 그리 멋있게 보였는지.
나라에서는 또 왜 그렇게 기를 쓰고 장발을 단속했는지.

1974년에 교대를 졸업하고도 발령을 받지 못해 두 해 남짓 실업자로 지냈다.
여기저기 가정교사를 하면서 살던 나는 이발 비용이 아깝기도 했지만
장발이 내 긴 얼굴에 어울린다는 확고한 신념(?)으로 거의 어깨에 닿을 정도로 머리를 기르고 다녔다.
한번은 장발단속에 걸려 난생 처음 경찰서 유치장에서 하룻밤을 보내고,
다음날 그 아까운 머리카락이 사정없이 잘려나가는 수난을 겪기도 했다.

이런 일도 있었다.
길을 가는데 누가 나를 부른다. 누굴까? 아무리 생각해도 모르는 사람이었다.
"어이, 자네 이리 좀 와 보시게나." 그래서 갔더니 나를 양복점 안으로 데리고 들어간다.
뭐야, 양복 맞춰 줄려고? 이런 엉뚱한 생각도 들었는데 그 사람은 가위를 집어 들었다.
"나 사복경찰인데 자네 머리 좀 잘라야겠네." 이런 낭패가 있나?
"자네 직업이 뭔가?" "없습니다."
"아버지 직업은 뭐야?" "아버지 안 계십니다."
"어머니 직업은?" "없습니다."
"그럼, 뭐 먹고 살아?" "밥 먹고 사는데요." 같이 픽 웃었다.
"그러지 말고, 직업이 뭐야?" "발령이 나야 직업이 생깁니다."
"교대 나왔나?" "예." 당시에 교대 졸업생들 발령이 밀리는 것이 사회문제가 되고 있었다.
"장차 선생님 될 사람이 머리가 이게 뭔가? 자르고 다니게." 그렇게 무사히 풀려났다.

돌이켜 보면 다 즐거운 추억들이다.
가운데 그림은 내 긴 머리를 붓으로 그린 것이고, 왼쪽 그림은 사진을 보고 펜으로 그린 것인데
사진을 본 사람들이 누구냐고 묻는다.
세월만큼 내가 변해버린 모양이다.

꽃다발을 든 소녀

60.4×72.7㎝ 캔버스에 유채

저녁 山寺

어둠이
하늘을 지우고
산을 지우고
내 몸을 지우고
풀벌레 울음만 깨운다.

범종 소리
어둠 속에 출렁이며
번뇌 어린 마음마저 지워 가면

닿을 듯 닿지 않는
저만치에서
풀벌레 울음만큼
맑은 별빛들
눈물처럼
쏟아질 듯,
쏟아질 듯 반짝인다.

겨울새.23

윤삼현 시
김홍균 작곡

물결한장 타 넘고 또한장타 넘 고

떠나온집 생각할까 고향하늘떠올릴 까

날갯깃에 고개묻은 아기새한마리

도시락 까먹는 소리 43

동요는 깨끗해서 좋다.

깨끗함은 곧 순수함이요, 순수는 선으로 통한다.

동요가 단순함은 잡스러움이 없기 때문이요, 잡스러움이 없기 때문에 깨끗하며, 깨끗하기에 동요는 순수한 마음씨를 지니고 있다.

순수한 마음은 바로 인간의 마음 가장 깊은 곳에 깔려 있는 절대적인 선이기에 나는 동요를 참 좋아한다.

동요는 참 깨끗해서 좋다.

문명이란 것이 발달할수록 세상은 빠르게 돌아가고 그래서 바빠지고 복잡해진다.

노래도 시대의 흐름을 그대로 반영하고 있다. 요즘 노래들을 들어보면 어찌 그리 빠른지 가사 내용을 음미하기는커녕 무슨 말인지 알아듣기도 힘들다.

그런 노래를 잘도 따라하는 젊은이들을 보면, 나이 든 우리와는 단순한 세대 차이 이상의 괴리감이 느껴진다.

나의 쓸데없는 걱정은 요즘 학생들이 학교에서 배운 노래보다도 사회에서 유행하는 노래들을 훨씬 더 잘 부른다는 것이다.

수련활동을 가서 장기자랑 하는 것을 보면, 초등학생들도 가수들의 노래와 춤을 기막히게 잘 따라 한다. 동요 부르는 것을 본 적이 없다. 당연한 현상이다.

학교에서 일주일에 두 시간 배우는 동요와 TV나 mp3 등을 통해 하루에도 몇 번씩 반복해 듣는 유행가가 어떻게 경쟁이 되겠는가?

그럼에도 불구하고, 아니 그렇기에 더욱 더 나는 우리 어린 학생들이, 나아가 어른들까지도 동요를 좀 더 많이 불렀으면 하는 바람을 가지고 있다.

정신없이 빨리 돌아가는 세상에서 그와 반대로 차분하게 가사를 음미할 수 있는 노래들도 많이 불렀으면 좋겠다. 〈가을 밤〉, 〈섬집 아기〉 같은 그런 동요를……

인간은 원래 아날로그적 존재가 아닐까?

세상 빨라지는 것이야 어쩔 수 없지만 그럴수록 느린 호흡의 그 무엇들이 필요하지 않을까?

아름다운 오드리 헵번
90.5×116.5㎝ 캔버스에 유채

수단의 굶주린 소녀2

보지 말았어야 했다.

퓰리처상을 받았다는 그 사진을
굶주림에 죽어 가는 그 모습을
수단의 저주받은 땅에 엎드려
독수리 밥이 되려 하는
그 어리디 어린 인간의 모습을

단돈 천 원이면
몇 끼를 먹일 수 있다더라만
생맥주 값을 먼저 내려고 호기를 부릴 땐
술에 취해 그 생각이 나지 않았다.

저기
판잣집에서 점심을 거른 소녀가
절름발이 아버지가 끄는 리어카 소리
귀 기울이다 쪼로록거리는 창자에
맹물을 흘려 넣는 것을
먹는 대로 살이 되는 비만을 저주하며
저녁을 거르는 소녀의 불평을 안주 삼느라
생각할 겨를도 없었다.

하루에도 몇 번씩
지하철 통로를 더듬거리는 맹인의 지팡이 소리를
그들의 목에 걸린 녹음기에서 흘러나오는 찬송가 소리를
졸음에 취해 듣지 못했다.

그 소녀의 아버지가 절름거리며 끄는 리어카 소리는
자동차 소리가 너무 커서
오토바이 소리가 너무 커서
지하철 소리, 뱃소리, 비행기 소리가 너무 커서
들리지도 않았다.

기다란 고무장화를
잘린 두 다리에 매달고
길바닥을 기어 다니는 앵벌이를
약속 시간에 쫓기느라 미처 보지 못했다.

그 소녀 다섯 식구가 살아가는 판잣집은
높이 솟은 빌딩에 가려져
넓게 퍼진 아파트에 가려져
오피스텔, 콘도, 빌라에 가려져
보이지도 않았다.

보지 말았어야 했다.
머나먼 아프리카의 소녀 때문에
이렇게 찢어질 듯 가슴이 아릴 바에는
찢어질 듯 가슴이 아리고만 말 바에는
그러다 말 바에는

문둥이는 소록도에
장애자는 재활원에
결식자는 자선 단체에
그리고 애비 에미 없는 새끼들은 고아원에!
나는
꼬박꼬박 세금을 내고 있지 않느냐?

보지 말았어야 했다.
차라리 보지 말았어야 했다.

詩

누나 자장가

이영미 작사
김홍균 작곡

산 넘어가 신엄마 기 다리다 가
산 넘어가 신엄마 오 실때까지

소 ─르르 소 ─르르 낮 잠이들 면
산 새들과 집 을보는 어 린누나 는

엄마대 신 누─나 가 아 기재운 다
엄마대 신 조용조 용 아 기재운 다

산 골집의 자 장가는 누 나자장 ─ 가
바 ─람도 잠 이드는 누 나자장 ─ 가

도시락 까먹는 소리 44

수단의 굶주린 소녀

1994년에 수단의 굶주린 소녀를 찍은 작가는 퓰리처상을 받았다(고 한다). // 소녀는 / 앙상한 갈비가 드러난 벌거벗은 몸뚱이, 배만 불룩 튀어나와 통자루 같은 몸뚱이에 달린 팔만큼 가는 다리를 쭈그리고 엎어진 채로, 몸뚱이만한 머리통을 땅에 처박은 채로, 다리만큼 가는 팔 끝에 달린 손가락으로 바싹 마른 풀잎을 움켜쥐고 있(었)고, 그 뒤에 저만치에서 독수리 한 마리가 날개를 접고 느긋하게 기다리며 바라보고 있(었)다. // 퓰리처상은 그렇게도 영광스러운 상인가? / 상금은 얼마나 될까? / 그 작가는 / 이 소녀에게 모델료는 주었을까?

케빈 카터(Kevin Carter)가 찍은 이 사진을 보고 난 충격은 컸다. 사람을 구하지 않고 사진을 먼저 찍어? 나만 그런 것이 아니었던 모양이다. 당시 사람들은 거세게 그를 비난했고 그는 자살로 생을 마감했다고 한다. 1994년 7월 28일에. 34세로.

그는 사진을 찍고 나서 그 소녀를 구하기 위한 조처를 취했다고 주장했다는데 나는 그의 주장을 믿고 싶다. 그랬을 것이다. 나는 이제 그를 비난하지 않는다. 그가 죽어서가 아니라 그의 말을 믿기 때문이다.

다만 사진의 잔상은, 죽음을 앞에 둔 어린 소녀의 처절한 모습은 절대로 잊혀지지 않을 것 같다. 설령 그 소녀가 잘 살고 있다 하더라도.

아프리카에서 유니세프 활동을 하고 있는 오드리 헵번(Audrey Hepburn)에게 사진을 찍으러 온 기자가 말했다. "주름살이 많이 늘었네요."

그녀는 이렇게 대답했다고 한다.

"이 주름살을 만들려고 60년이 걸렸답니다. 주름살이 잘 나오게 찍어 주세요."

이 기사를 어디에선가 보고 나서 나는 〈아름다운 오드리 헵번〉을 그리고 싶어졌다.

눈물과 눈물

17.4×25.4㎝ 종이에 펜

아무도 수선화를 사랑하지 않았다

끝내 수선화는 피지 않았다

교장실 앞 화단에
옹기종기 모여 살던 수선화는
작년 여름 공사 때 화단이 파헤쳐져서
올해는 봄이 되어도 싹조차 틔우지 못했다

모두들 아쉬워했다
그 청초한 모습을 더는 볼 수 없어
우리는 참으로 아쉬워했다
그 고왔던 빛깔을 떠올리며
우리는 참으로 안타까워했다
그렇게 우리는
수선화의 아름다움을 사랑했었다

한 삽 뚝 떠
옮겨 심었더라면
수선화는 그냥 살 수 있었을 것을
누구나 그렇게 할 수 있었을 것을

교장실 앞 화단에
옹기종기 모여 살던 수선화는
작년 여름 건물 내진보강 공사 때
육중한 포클레인의 이빨에
찢겨지고 짓이겨져
그렇게 죽어 갔었다

은방울꽃

조성심 시
김홍균 작곡

널 따 란 잎 새 밑 가 느 단 외 줄 자 락

바 람 불 면 금 세 라 도 잘 그 랑 흔 들 릴 듯

하 이 얀 꽃 종 지 속 에 오 - 롯 이 담 겨 있 네

풀 - 숲 을 헤 쳐 서 찾 - 아 와 머 문 발 - 길

반 - 기 는 마 음 이 사 하 - 늘 을 덮 건 마 는

끝 끝 내 울 리 지 못 하 고 향 내 로 만 다 가 오 네

도시락 까먹는 소리 45

교장실 앞 수선화는 정말 예뻤다.
누구나 그 아름다움에 감탄했고 사진을 찍기도 했다.
우리들은 수선화가 무척이나 사랑스러웠다.
다들 수선화를 사랑한다고 여겼을지 모른다.
건물 내진보강 공사가 시작되고 화단이 파헤쳐질 때 약간은 걱정이 되기도 했다.
하지만 풀들은 파헤쳐진 자리에서도 잘도 살아나더라는 생각이 들었다.
공사하는 사람들은 당연히(?) 식물이 다칠 것이라는 말을 하지 않았다.
그래서 그대로 두었고 수선화는 다시 피지 않았다.

우리는 수선화를 사랑한 것일까?
그 꽃의 아름다움을 사랑한 것일까?
아니, 아름답다고 느끼는 즐거움만 간직하고 싶었던 것이 아닐까?
수선화라는 생명이 다칠 수도 있다는 생각조차 하지 않으면서 수선화를 사랑했다고 말하는 것은
어불성설이다.
약간은 걱정이 되기도 했다고?
그래, 걱정이 되어서 그다음에 어떻게 했는데?
우리들 마음속에는 수선화라는 한 생명이 아닌,
그 식물이 피워낸 꽃의 아름다움만 각인되어 있었을 것이다.
우리는 서로 말했다.
"그 꽃을 더 이상 볼 수 없어 참 아쉽네요."
아무도 수선화를 사랑하지 않았다.

조성심(趙成心) 시인과 함께 중부교육청 홍보잡지를 만들 때 그녀의 시를 받아 '만화로 읽는 시'를 그렸다.
그리고 나중에 그녀가 보내준 시집에서 시조 한 수 찾아내어 곡을 붙여 보았다.

숲
53.0×45.5㎝ 캔버스에 유채

나는 당신에게

당신의 인생이 참 즐겁다면
나를 기억하지 아니 하셔도 좋습니다.
그러나 어쩌다
나를 기억해내신다면
당신의 그 즐거움에
나의 기원이 조그만 축복처럼
더해졌으면 합니다.

만약
당신의 인생이 무척 힘들다면
나를 기억해 주었으면 좋겠습니다.
그러한들
무슨 큰 힘이야 되겠습니까만
그래도
힘들어하는 당신을
안타까워하는 사람이 있다는 것이
작은 위안이나마 되었으면 합니다.

혹시
당신의 인생이 퍽 쓸쓸하다면
나를 꼭 기억해 주십시오.
여기 늘
당신을 생각하는 한 사람이 있으니
때문에
당신의 인생은
아주 쓸쓸하지는 않으실 겁니다.

산울림

이상렬 시
김홍균 작곡

언제 부터 일 까   청초 한푸르 름과

눈 부신 햇 살로   옷을 벗은 산 이

내 게 들 어와   살 고 있 다

언 제 부터 인 가 가끔   알 수없 는 누 군가

산 너머 산 으로   나를부 르 는   소 리가들 리 고

도시락 까먹는 소리 46

현대 회화가 비구상 쪽으로 많이 흐르고 있지만 그렇다고 해서 구상이 쇠퇴한 것은 아니라는 것이
나의 생각이다.
비구상이라는 말 자체가 구상을 전제로 하고 있지 않은가?
어느 쪽을 선택하느냐는 전적으로 작가의 취향이겠지.

유화를 그리는 데 있어서 나는 특별한 나만의 작품세계를 가지고 있지 않다.
가지고 있지 못한다고 해도 상관없다.
대상을 보고 그때그때 마음 끌리는 대로 그린다.
어떤 때에는 사실적인 표현을 추구하기도 하고, 또 어떤 때에는 적당히 뭉개기도 하고,
아주 많이 뭉개기도 하고 그렇다.

알고 지내는 화가들 중에 내 작품들을 보고 나서는 일관성 있는 작품세계를 보여 주어야 한다고
충고해 주는 사람들이 많다. 그게 프로답다는 거다.
그럴 것도 같다.
자신만의 독특한 작품세계를 갖고 있다는 것은 참 좋은 장점일 것이다.
그렇지만 나는 나만의 작품세계에 그다지 관심이 없다. 어쩌면 하나의 세계를 구축할 만한 정도의
작업을 하지 못해서 그런 생각조차 들지 않는 것인지도 모른다.
전시회나 도록 등의 인쇄물을 통해서 일관된 작품세계를 표현해 내고 있는 작가들의 작품을 보노라면
멋있다는 생각과 함께 자신만의 독특한 세계를 일구어 내기 위한 작가의 고뇌가 느껴지기도 하지만
그렇다고 해서 나도 얼른 나만의 세계를 가져야겠다는 생각은 들지 않는다.
그냥 그리는 작업이 즐거울 뿐이다.
아직 미숙한 아마추어라서 그렇다고 누가 말한다면 "그렇다."고 수긍해 줄 것이다.

숲을 이렇게 저렇게 그려 보다가 지쳐서 그냥 나이프로 죽죽 훑어 내렸더니
그런대로 보기 괜찮은 숲이 되었다.
'비구상에도 한 번 도전해 볼까?' 하는 생각이 잠깐 들었다.

장미7

53.0×45.5㎝ 캔버스에 유채

보리

파아란 하늘 아래
파아란 보리밭 사이로
둘이 함께 걸었다.

어머니는 손바닥으로
보릿목 하나 주욱 훑어보시고는
"참, 잘도 여물었다."
어린 나는 파랗게 질린 얼굴로
"엄마, 주인이 쫓아오면 어짤라고……."

파아란 바람이
보리밭을 가만가만 밟고 갔다.

꽃마음

김홍균 작사
김홍균 작곡

봄 이면 진달래 - 꽃 붉 게타는언덕에
가 을엔들국화 - 가 활 짝웃는들길에

꽃 - 잎사이거 닐며 노 래부르 - 자
산 - 들바람마 시며 노 래부르 - 자

다 정한우리마 음이 꽃 잎에물들 면
깨 끗한우리마 음이 향 기에젖으 면

비 단보다 더 고운 꽃 마음 이된 다
거 울보다 더 맑은 꽃 마음 이된 다

봄 이면 진달래 - 꽃 붉 게타는언덕에
가 을엔들국화 - 가 활 짝웃는들길에

꽃 - 잎같은마음 으로 노 래부르 - 자
향 - 기로운마음 으로 노 래부르 - 자

樂

도시락 까먹는 소리 47

평생 글 쓰는 것을 본 적이 없는 형님께서 딱 시 한 수 적었는데 어머니에 대한 절절한 그리움이 내가 쓴 것보다 훨씬 더 마음에 와 닿는다.

그리움

김상균(金相均)

등잔불 밝혀놓고 눈 부비며 정제 나가 솔가지 분질러 불을 지폈다.
가마솥에 삶아놓은 보리쌀 솥뚜껑 열고 흰쌀 한줌 속에 넣고
이리저리 섞은 뒤 한 김 눈물 흘러내리면 마당 앞 텃밭에서
이슬 맞은 푸성귀 한주먹 뽑아 무릎에 툭툭 달라붙은 흙을 털어내며
이 방 저 방 소리 질러 자식들을 깨웠다.

무명수건 머리에 쓰고 밭두둑 풀 매다가도 중천에 해가 뜨면
총총히 집에 와서 봉싯 오른 뜨신 고봉밥을
손바닥으로 누른 뒤 배부르게 먹게 하고
종종 걸음 들로 나가 남은 고랑 사이에 풀썩 주저앉아
김을 매던 우리 엄니.

서산에 걸린 해가 지친 듯이 넘어가면 논두렁 밭두렁 길
한달음에 달려와서 굴뚝 연기 피워놓고 긴 줄 가득 걸린 빨래 걷노라면
아침에 휘어진 바지랑대 저녁에는 가볍다.
하루 종일 못 편 허리 땀에 젖어 쉰내 나는 몸 씻기도 전에
밀려오는 잠에 취해 밥상 밀어놓고 골아 누운 우리 엄니
상 밑에 뻗은 다리 무릎도 기역자다.

한 평생 그 모습이 눈앞에 아른거려 만져질 듯 사라지는 잡히지 않은 그리움
어디서 만나볼까 꿈에라도 보고 싶다. 아직도 내 코에는 엄니 냄새 남았는데
할 말이 꼭 있는데 사무치는 이 마음을 언제까지 가져갈까?

서원

35.3×45.0㎝ 종이에 연필

촛불

내 어릴 적
가장 오래된 기억은
늘 앓아누웠던 일이다.

그 겨울밤
어머니는
집 뒤안 작은 우물에
촛불 담은 바가지를 띄워 놓고
빌고 있었다.

뒤뜰에 가득한
하얀 달빛이
소복이 쌓인 눈을
포근히 감싸주던 밤
촛불은 소리 없이 타고 있었다.
바람 한 점 없던 그 겨울밤
촛불은
내 가장 오랜 기억으로
타고 있었다.

그립습니다

김홍균 작사
김홍균 작곡

그 립 습 니 다 당 신

233

樂

이 그 립 습 니 다

당 신 이　　　　　서　러　운 한
　　　　　소　슬　러 간 홀

달　빛　에에　마 가 음 젖 저 으면 면
바　람　월에　눈 눈 물 물 맺 히 면

그 립 습 니 다　당 신 이

도시락 까먹는 소리 48

영적 세계가 있다고 믿는가?

믿는다면 그 증거를 경험해 본 적이 있는가?

나는 내 어머니를 통해서 영적 세계를 느껴 본 적이 있다.

대학에 입학할 무렵.

어느 날 아침 어머니께서 근심스런 표정으로 말씀하셨다.

"아무래도 네 큰어머니께서 돌아가실 것 같다."

지난밤 꿈에 닭 한 마리가 지붕 위로 올라가 바람을 타고 하늘에 떠 있어서 장대를 들고

그 닭을 내려오게 하려고 애를 쓰는데 푸른 옷을 입은 젊은이가 지나가면서

"할머니, 그 닭은 이미 '하늘 바람'을 타서 다시는 내려오지 못합니다." 하더라는 것이다.

그리고 일주일 후 외숙부께서 돌아가셨다.

1980년 5월. 광주항쟁이 막바지에 이를 무렵.

어머니께서는 또 꿈 이야기를 하셨다.

"어젯밤 꿈에는 돌아가신 올케 형님을 만났구나. 그 형님께서 '동생도 여기 오셨는가?' 하시더라."

그리고 사흘 후, 계엄군이 도청을 탈환하던 날 밤, 도청 옆 광주경찰서와 담을 같이하고 있는 전세방에서

어머니께서는 심장마비로 돌아가셨다.

어머니 장례를 치루기 위해 가족과 친척들이 모인 자리.

병풍 뒤에 시신을 모셔 놓고 모두들 둘러 앉아 저녁을 먹는데 갑자기 라디오가 켜지더니

어머니께서 생전에 좋아하시던 판소리 노래가 흘러나오는 것이 아닌가!

물론 라디오를 켠 사람은 아무도 없었다.

그렇지만 나는 여전히 영적 세계에 대해 의심을 품고 있다.

정말 영적 세계는 있는 것일까?

낙조

28.3×39.0㎝ 종이에 포스터 칼라, 콜라주

썰물

파도 철썩이는 바닷가에서
술을 마신다.
물결은 끊임없이 밀려오는데
만조의 흔적은 저만치에 있고
갯바위를 쓰다듬는 손길은
조금씩 멀어져 간다.

그래,
온 세상 다 덮을 양
포효하던 적도 있었지
으르렁 대는 소리 오히려 허전하고
파도의 끝자락은
지나간 세월의 흔적처럼
포말로 부서져 흩어진다.

그렇게 사라지는 줄
파도인들 몰라서 저리 밀려오겠는가?
우린들 몰라서 이리 살아가겠는가?
파도는 파도여서
부서지는 순간까지 꿈틀거리고
사람은 사람이어서
스러지는 순간까지 살아가는 것이다.

이젠
소주 한 병 비우기도 버거워
비틀대며 일어서는 등 뒤로
파도는 여전히 철썩거리고
무심한 바다
낙조를 삼키고 있다.

파도

김홍균 작사
김홍균 작곡

철 썩 철 썩 파 도 는 바 위 에 부 딪 쳐 흩 어 지 고

쏴 르 르 쏴 르 르 파 도 는 끝 없 이 밀 려 온 다 –

둥 실 둥 실 흰 구 름 은 바 – 람 따 – 라 흘 러 가 고

훨 훨 나 는 갈 매 기 떼 물 – 결 따 – 라 춤 추 는 데

철 썩 철 썩 물 보 라 무 지 개 빛 되 어 흩 어 지 고

쏴 르 르 쏴 르 르 온 종 일 바 다 를 노 래 한 다 –

도시락 까먹는 소리 49

인생을 살아가면서 황혼을 경험할 수 있다면 이는 행운이다.
인생의 황혼을 경험한다는 것이 행운인 줄 안다면 이는 행복이다.
우리가 인간으로 태어난다는 것 자체가 기적이라고 하지 않는가?
그렇다. 인간으로 태어나 삶을 영위한다는 사실은 생물학적 확률로 보나 철학적 관점에서 보나
분명한 기적이요, 행운이다.
굴곡 없는 삶을 살아 온 사람들이 얼마나 될까?
그러한 삶의 굴곡들을 행복으로 포장할 수 있는 인생의 황혼이면 더 좋겠다.

세잎클로버의 꽃말, 행복. 네잎클로버의 꽃말, 행운. 참 잘 지었다.
네잎클로버를 찾기 위해 얼마나 많은 세잎클로버들을 무심히 지나치고 말았던가?
행복이 행운보다 더 가치가 있다는 것을 알기까지 꽤 오랜 삶을 살아야 했다.
그리고 그 행복은 도처에 있다는 것을 아프고 나서 새삼 느꼈다.
그래서 〈행복〉이라는 제목의 시를 암에 걸린 다음에 쓰게 되었다.

행복

정말 많은 지인들이
찾아주고
위로하고, 격려하고……

인생 60년
헛살지 않았다 싶어
난 참 행복했다.

행복은 그렇게
암 속에도 숨어 있었다.

암 - 정신

40.9×31.8cm 캔버스에 유채

새로 시작한다는 것은

새로 시작한다는 것은
아직 희망이 남아 있다는 뜻이다.
사방이 가로막힌 절벽 앞에서도
새 길을 뚫을 수 있다는 의지이다.

새로 시작한다는 것은
결코 좌절하지 않겠다는 각오이다.
목표를 향해 한 걸음 또 한 걸음
꾸준히 나아가겠다는 결심이다.

새로 시작한다는 것은
아직 살아있다는 증거이다.
살아 있다는 자체가 축복임을 깨달아
소소한 일상에도 감사할 줄 아는 기쁨이다.

저 강을 건넜다네

화 령 작사
김홍균 작곡

그 대 는 어 떻 게 — 저 강 을 건 넜 는 가 — 멈
그 대 는 어 떻 게 — 저 강 을 건 넜 는 가 — 멈
그 대 는 어 떻 게 — 저 강 을 건 넜 는 가 — 무

추 지 도 않 고 — 서 두 르 지 도 않 고 — 저 저
추 지 도 않 고 — 서 두 르 지 도 도 않 고 — 저 저
겁 지 도 않 고 — 가 볍 지 도 — 않 게 — 저 저

강 을 건 넜 다 네 — 편 안 한 마 음 으 로 — 저 저
강 을 건 넜 다 네 — 고 요 한 마 음 으 로 — 저 저
강 을 건 넜 다 네 — 차 분 한 마 음 으 로 — 저 저

강 을 건 넜 다 네 — 멈 추 면 가 라 앉 고 — 서 두
강 을 건 넜 다 네 — 멈 추 면 가 라 앉 고 — 서 두
강 을 건 넜 다 네 — 무 거 우 면 가 라 앉 고 — 가 벼

르 면 휩 쓸 린 다 네 — 편 안 한 마 음 으 로 — 정 진
르 면 휩 쓸 린 다 네 — 고 요 한 마 음 으 로 — 정 진
우 면 휩 쓸 린 다 네 — 차 분 한 마 음 으 로 — 정 진

하 세 정 진 하 세 — 편 안 한 마 음 으 로 —
하 세 정 진 하 세 — 고 요 한 마 마 음 으 로 —
하 세 정 진 하 세 — 차 분 한 마 마 으 로 —

242
樂

도시락 까먹는 소리 50

흔들리기 쉬운 것이 인간의 마음이다.

마음은 항상 자신이 이로운 쪽으로만 흐른다. 우리는 그것을 욕심이라고 부른다.

이런 마음에 이끌리기 쉬운 것이 인간의 정신이다.

나쁜 줄 훤히 알면서도 이런저런 핑계를 대가며 마음 가는 대로 행동해 버린다.

그 이기적인 행동을 합리화시키기 위해 지금까지 배워 온 온갖 지식들을 활용하여

나름대로 탄탄한 이론의 벽을 만들어 놓곤 한다.

그러나 마음을 제어할 수 있는 것 또한 인간의 정신이다.

냉정하고 객관적인 기준을 적용시키면서, 설령 그 기준이 나에게 손해를 입힐지라도

그 기준대로 행동할 수 있는 사람은 옛말로 가히 군자라 일컬을 만하다.

그러한 인간의 정신을 나는 지성이라 부른다.

그 정신으로, 그 지성으로 마음을 다스리는 사람을 나는 지성인이라 부른다.

학력이나 나이가 아닌 정신의 수양으로 우리는 그 사람의 사람됨을 알 수 있는 것이다.

나의 정신은 어떠할까?

참된 수양의 경지에 이르려면 아직도 멀었다.

지금도 조그만 이익을 탐하는 마음을 합리화시키려 애쓴다.

잘못된 일인 줄 알면서도 포기하지 않는 것들도 많다.

그래도 한 가지, 죽음 앞에 흔들리는 마음은 용케 잘도 붙들어 맸다.

누구나 그런다고 하듯이 말기암을 선고받고 한참 동안 불안 속에서 헤매었다.

그때 정신을 가다듬고 가장 냉정하게 그리고 가장 객관적인 관점에서 나를 바라보려고 애썼고,

그리하여 비교적 짧은 시간 안에 마음의 안정을 되찾을 수 있었다.

이는 내 정신이 마음을 잘 다스린 결과라고 자평해 본다.

마음이 변하기 쉬운 찰흙이라면 정신은 그 찰흙을 빚어내는 손길이 아닐까?

정신에 따라 빚어진 인간의 모습도 제각각일 것이다.

도시락 닫는 소리

그림을 그리고 시를 쓸 때 또는 노래를 만들 때에
내 머릿속에는 항상 한 가지 스스로 아쉬워하는 점이 있었다.
내가 만드는 것들은 하나같이 날카로움이 없다는 사실이다.
완성해 놓고 보면
그림은 단정하게 정돈되어 있었고
시는 밋밋하게 다듬어져 있었고
노래는 진부하게 들어본 것 같은 곡이 되어 있었다.

작품의 수준과 깊이를 떠나
폐부를 찌르는 날카로움이 있다면 참 멋있을 텐데
어떤 사람은
저렇게 파격적인 구도와 색채를 쓰는데
한 줄 시어가 이처럼 가슴을 시리게 하는데
감미로운 선율이 오랫동안 마음에 남아 있는데…….

어느 날 알게 되었다.
작품은 결국 그 사람의 모습이라는 걸
속되게 표현하자면 그 사람 생긴 대로 작품이 된다는 걸
작품이 날카로운 사람은
인생을 그렇게 사는 사람이라는 걸
나처럼 평범하게 살면
작품 또한 평범할 수밖에 없다는 걸

그리고 또 한 가지

그렇게 평범하게 살아 온 인생이

참으로 행복한 삶이라는 것을

더 나이 먹어 알게 되었다.

사람들은 자신의 귀를 잘라가며 자화상을 그린 고흐의 예술혼에 열광하고

뭉크의 〈절규〉에 내면의 모습이 절절하게 표현되었다고 감탄하지만

고흐는 자살로 생을 마감한 불행한 사람이였으며

뭉크는 공황장애에 시달리면서 그 작품을 그렸다.

그렇다!

작품이 정녕 그 사람의 모습일진대

인생을 커다란 굴곡 없이 살아 와

결코 날카로운 작품을 만들어 낼 수 없는 나는

그래서 참으로 행복한 삶을 살아 온 것이다.

한 가지 더

내 그림을 본 사람들로부터

작품이 따뜻하다는 말을 많이 들었다.

내 작품에 대해 직설적인 지적은 차마 못하고

에둘러 긍정적인 표현을 해주는 것 같기도 했지만

그래도 그 말이, 따뜻하다는 말이

언제부턴가 그렇게 듣기 좋았다.

내가 인생을 따뜻하게 살아왔다는 반증이라고

그렇게 착각(?)하며 혼자 가만히 웃었다.

그래서 이제는

내 작품에서 날카로움이 없다는 사실에 대해

아쉬워하지 않게 되었다.

물론 나와는 다르게 개성이 톡톡 튀는 작품들을 보면

부러운 마음이 드는 것도 사실이나

나는 나의 모습이 그대로 투영된

따뜻한 것으로 만족하며

따뜻함을 추구하게 되었다.

내 작품들의 수준과 깊이에는

솔직히 자신이 없어

이렇게 '따뜻함'이라는 어쭙잖은 천으로

부족한 실력을 덮어버리고자 애를 썼다.